JN196136

余命一年の使い捨て
聖女ですが、
英雄王子のつがい
になってしまいました
浅岸久
illust. あいるむ

CHARACTERS
サフィア
光属性の魔力を持つ聖女。
異世界人を召喚させられたことで
余命一年になってしまった。

アルシェイド
瘴気竜を討伐したことで
瘴気中毒になってしまった第二王子。
森の奥に一人で暮らしている。

CONTENTS

Yomei ichinen no tsukaisute seijo desuga,
eiyuohji no tsugai ni natte
shimaimashita

余命一年の使い捨て聖女ですが、
英雄王子のつがいになってしまいました
浅岸久
illust.
あいるむ

プロローグ

この物語は最低だ。

おとぎ話の王子様は、お姫様と結ばれなければいけない。

目の前の彼、この国の王子でかつての英雄アルシェイド・ノイエ・ライファミルの相手ならなおさら。

少なくとも、教会に使い捨てられる程度の聖女でしかないサフィアでは相応しくないはずだ。

「さて、サフィア」

さらりと彼の黒髪が揺れた。

柔らかな陽差しを受けると、わずかに紫色がかる不思議な色彩だ。

スッと通った鼻梁に薄い唇、肌は白く傷ひとつない。長身で細身の体は引きしまっていて、かつて瘴気竜を討伐した英雄とは思えない美しさである。

いつからだろう。感情の色を灯さなかったルビーレッドの瞳が、こんなにも甘く色づくようになったのは。全身埃だらけで髪もぐしゃぐしゃ、みそっかすのような自分に向けられていい視線ではない。

でも彼は、そんなサフィアを教会から連れ出し、彼の屋敷まで連れてきてくれた。

プロローグ

下っ端聖女でしかなかったサフィアを、彼だけがまるで宝物のように扱ってくれる。

それでも、あまりに突然すぎやしないか。今だって、誘拐するかのごとく突然連れ去られ、すっかり腰が抜けて立てなくなってしまった。

心臓はずっと高鳴っている。心の準備なんて、できているはずもない。

アルシェイドは微笑みながら、呆けているサフィアを自室のソファーへそっと下ろす。

シンプルな部屋だ。置いてある家具や調度品はすべて手の込んだ逸品ではあるが、この国の第二王子の部屋と考えると、物がなさすぎるくらいだ。

でも、この部屋こそが彼の安息地だった。

たったひとりで、この大きな屋敷に住む王子様。彼が唯一安心できる場所に、サフィアだけを招き入れてくれる。何度も通ってきたからこそ、ここはサフィアにとっても特別な場所になっていた。

アルシェイドはサフィアの前に片膝を立ててしゃがみ込み、ゆっくりこちらの右手を取った。

(私と彼は許されない番。どうにかして、番関係を解消しないとって頑張ってきたのに)

元はと言えば、彼が言いだしたことだ。番なんてごめんだと。サフィアを嫌悪して近づけなかったくせに、いつの間にこんな視線を向けられるようになったのか。

キュッと唇を噛みしめ、抗議するような目で訴えるも、彼は思いとどまってくれない。

「そう怒るな。もう攫ってきてしまったのだ。観念しろ」

愛おしそうに目を細め、サフィアの手を引き寄せる。手首に輝く白金の腕輪に、手の甲に、そして指先にと順番に唇を落とした。

「あなたは今日から、ここで暮らすんだ。俺のもとで、ずっと」

泣きたくなった。サフィアはこの人の大事なものを盗った、言わば泥棒だ。

(私は、あなたの寿命を奪ったのですよ?)

だから、返さなければいけない。この寿命を。彼に、絶対に。

その先に自身の死が待ち受けていようとも、サフィアは大好きな彼の命を無為に消耗したくなかった。

番関係を解消して、命を返却して、どこか遠く、アルシェイドの知らないところで野垂れ死のう。それがサフィアにできる唯一の恩返しだと思って頑張ってきた。

いくら押し問答しても、この想いを揺らがせてたまるか。胸の奥に膨らむどうしようもないほどに甘く、苦い気持ちに目を逸らしながら、日々奮闘してきたのだから――。

「頑なだな」

キッと彼を睨みつけていると、アルシェイドは困ったように微笑んだ。

「わかった。ならば俺も遠慮しないことにする」

ギラリとルビーレッドの瞳が光った。狙った獲物を逃すまいという強引な輝きに、サフィアはぶるりと震えた。

彼はゆっくりと立ち上がり、サフィアの後ろにあるソファーの背もたれに手をかける。その腕と体で檻を作り、たちまちサフィアを閉じ込めてしまった。

「これから毎日、あなたに愛を囁こう」

耳元で宣言され、ゾクゾクとした感覚が全身に駆け巡る。

愕然とした。この調子で毎日愛を伝えるだなんて、なんと恐ろしいことを考えているのか。

「あなたの望み通り、俺も番の解消方法を探し続ける。だが、いつでも諦めてくれて結構だ。——そして許されるならば、これから先、ずっと俺の番として生きてほしい」

最悪だ。

毎日、この誘惑と戦い続けろと彼は言うのだ。

(だめです、殿下。私にそんな資格はありません)

泣きたくなった。

(あなたの寿命は、私のせいで削られているのに)

だから揺れてはいけない。

たとえ死が待っていようと、サフィアは彼の誘惑を振り切り続けないといけない。

彼を愛しているならなおさら。この手を取ってはいけないのだ。

第一章　使い捨てられた聖女と神環の番

「やったぞ！　召喚は成功した！」

遠くから男たちの歓声が聞こえてくる。

ああ、儀式は無事に終わった。その事実に、サフィアはほんの少しだけホッとする。

もう体に力は入らない。前にかざしていた両腕を下ろし、冷たい床に膝をつく。

当然だ。この儀式は体内の魔力という魔力をすべて絞り出して執り行った。成功するかどうかは半々、いや、三割を切っていたかもしれない。それでもやりきった。

真っ白い聖女のローブを纏ったまま、サフィアは部屋の片隅に倒れ込む。

月を溶かしたようなほんのりと紫がかった銀髪が石造りの床に流れる。普段はキラキラと輝く蜂蜜色の瞳も、今は瞼で閉ざされている。

もう指一本動かせない。この儀式は本当に、サフィアのすべてをかけて執り行われたのだ。――文字通り、命をかけて。

しかし、誰ひとりとしてサフィアのことを顧みない。こちらを振り返ろうともしてくれない。儀式が終わればば用済みだとばかりに、皆、召喚された人物に夢中だ。

薄暗い部屋の中央には、大きな魔法陣が煌々と輝いている。倒れる瞬間、サフィアの瞳にもその中央に現れた人影が見えた。

（あれが、異世界の渡り人）

若い女性だった。少女と言っても差し支えないかもしれない。二十歳であるサフィアより少し年下くらいだろうか。艶やかな黒髪と、同じ色の瞳が印象的な愛らしい娘。今は大勢の神官たちに囲まれて、大騒ぎをしている。

ただ、すべての力を使い果たしたサフィアの耳は、皆の会話すらきちんと拾えない。

（突然こんな世界に召喚してごめんなさい）

でも、仕方がなかったのだ。この国には渡り人の力が必要だから。

きっと彼女は戸惑うだろう。もう二度と帰れないと知ったら、嘆き悲しみ、召喚したサフィアを憎むかもしれない。

けれどもそんなの承知の上だ。彼女の憎しみを受け入れるのもまた、自分の役割だ。

ちっぽけな自分が世界の役に立てるのは光栄なこと。大丈夫。全部弁（わきま）えている。そう思うのに――――。

「え⁉　ライファミル王国⁉　もしかして『ライファミルの渡り人』の世界なの⁉　ここ大教会⁉　ロレンスいたりする⁉　ゼノは⁉　なによりも、ラスボスの闇様は⁉」

ようやく拾えたのは、思っていたよりもずっと賑やかで明るい声だった。

ロレンス、と、まさに実在の人物の名前が真っ先に出てきて、周囲はさらに騒然とする。予言だ。奇跡だ。やはり大聖女候補！と、沸きに沸いた。

「つまりこれって異世界転移よね？　あたし渡り人になっちゃったの⁉　すごーい！」

緊張感などまるでない。大興奮を隠そうともせず、周囲の神官たちにキャッキャとなにかを語りかけている。

サフィアが想像していた悲愴感などそこにはない。

しかし、胸の奥に宿った違和感を追及する余裕などなかった。まもなくサフィアは、ひとり意識を手放してしまったのだから。


サフィア・リアノーラは、教会の中でも少しだけ特別な存在だった。

このライファミル王国、西の辺境に小領地を構える貧乏男爵家の長女ではあるが、生まれ持った魔力が非常に強かった。さらに稀有な光属性を有していたために、十歳になる頃には親と引き離され、王都ネルソニアの聖ファリエナ大教会に連れてこられたのだ。

聖ファリエナ教は、かつてこの国を興したとされる始祖の片割れ、大聖女の名前を付けられた一大国教である。

ただ、その後、国と教会はそれぞれ独自路線を歩み、今はつかず離れずの関係だ。国家元首は国王ではあるものの、教会は独立した権力を持ち、それぞれを尊重しながら成り立っていた。

光属性を持つ乙女は教会に所属し、聖女になるのが慣例だ。当然サフィアも聖女としての役割を果たすことになった。

国中からかき集めても、百人といない聖女。しかも光属性を授かるには、生まれ持った魔力量が影響するのか、地方出身の聖女は数が少なく、半数以上が上位貴族の令嬢だ。

結果、田舎育ちの貧乏娘だと嘲笑され、一部の地方出身者に仕事が集中する。サフィアも己を酷使しながら、閉ざされた教会の世界で揉まれていった。

とはいえ、聖女の仕事はやりがいがあった。

人々の怪我や病気を治す治癒魔法は聖女にしか使用できない。だから、奮闘すればしただけ大勢の人々の笑顔が見られる。

さらに、聖女にはもうひとつ、大事な役割もあった。

この世界には、瘴気（しょうき）と呼ばれるものが自然発生する。それは動植物に害を成すもので、瘴気に侵されることで、草木は枯れ、獣は気性が荒くなり、やがて魔物と成り果てて人々を襲う。それらの瘴気を祓うのは、光属性を授かった聖女たちにしかできなかった。

（私が頑張れば、魔物に怯える人が減るのだわ）

田舎の辺境で育ったちっぽけな自分が、国のため、皆のために働けるのは嬉しかった。

瘴気の多かった辺境は魔物が多く、幼い頃は魔物の襲来に怯えて生きてきた。

しかし自分の働き次第で、皆が恐怖に震える夜が減る。皆、美味しいご飯を食べてぐっすり眠れるのだ。

ただ、今は教会が聖女を独占している。

だからいつか教会の中で力を持って、聖女をもっと国のあちこちに派遣してもらえるように要請しよう。そうすることで、王都周辺だけでなく、国の隅々まで安全になる。

魔物に怯える人をひとりでも減らしたい。それを目標に、教会の中で踏ん張り続けてきた。

だが、悠長なことを言っていられない事態に陥った。

四年前、国内のあちこちに過去に類を見ない規模の大瘴気が発生する事件が起きたのだ。

ほとんどの聖女が借り出され、必死に瘴気を祓い続けることになった。

もちろんサフィアだって奔走した。

地位の低かったサフィアは、誰よりも苛酷な現場に何度も派遣された。毎日吐きそうになりながらも、なんとか魔物と対峙し、瘴気を祓い、戦闘に協力してくれた戦士たちに治癒魔法を施した。

毎日毎日魔力が空になるまで魔法を使用し続け、ギリギリのところで生き続けたのだ。

苛酷な日々のおかげと言うべきか、結果的に伸び盛りだったサフィアの能力をさらに伸ばしたのだろう。気が付けば、並ぶ者のない実力を身に付けていたのである。

――それがよかったのか悪かったのか。

「ん……」

カラン、と金属の音がした。

筋肉が固まって、体が重い。

ああ、どれほど長い間眠っていたのだろう。サフィアは重たい瞼を持ち上げ、音のした方向に視線を向ける。

寝返りを打った時、狭いベッドの縁に右手が当たったらしい。手首にはまっている白金色の腕輪を見て、サフィアの意識は一気に現実に引き戻された。

（いつの間に手袋が……っ）

普段、決して外すなと言われている手袋。長く眠っている間に、勝手に外れてしまっていたらしい。

「うっ……」

鈍く痛む体をどうにか起こし、ブランケットの中を確認する。案の定、愛用の手袋が落ちていて、慌てて拾い上げた。

すぐにはめ直そうとするも、サフィアは手を止めて腕輪を見つめる。

（やっぱり綺麗。だけど――）

太陽を思わせる神秘的な装飾が入ったそれを指先でなぞりながら、重たい息を吐いた。

ガタガタと窓が揺れる音がする。季節は秋に差しかかり、風も冷たくなってきた頃合いだ。

サフィアは薄手のブランケットをギュウギュウに抱きしめ、自らの膝に顔を埋める。

今や、サフィアは呪われた娘だった。

大瘴気が発生した後、前線で走り続けてきた影響なのだろう。その力に並び立つ者がいなくなった頃、サフィアの右手にこの白金の腕輪が現れたのだ。

それは任務中の出来事だった。ひとりで瘴気溜まりを消して回っていた時、突然右手に強い光が集まったかと思えば、するりとそこにはまっていた。

留め具も、接合部もないつるりとした形だ。重さも、つけている感覚すらない。ただ、サフィアの右手にぐるりと巻きつき、存在を主張する。当然、外すことなどできなかった。

上司に相談したところ、慌てて大神官のもとへ連れていかれ、告げられたのだ。

『これは呪われた腕輪である』――と。

淡い輝きを持って煌めいているそれは、見ているだけで清浄な気持ちになるものだ。だから、いくら取り外せない呪いのアイテムだとはいえ、サフィアはいまだにこの腕輪を憎めない。

(これが呪われているだなんて、嘘みたいな話だけれど)

この腕輪を、誰にも見せてはいけない。触れさせてはいけない。触れた相手までも呪ってしまうから――。

聖ファリエナ大教会で一番の権力者――つまり、この国の教会のトップに立つ大神官が言い切ったのだ。間違いなどあるはずがない。

胸の奥に痛みを覚えつつ、サフィアは手を握りしめる。

呪われた娘である、と定められてから、サフィアの日常は一変した。教会はその事実を公表しようとせず、断固として隠し続けたのだ。

よかったのか悪かったのか、サフィアは大神官直属の聖女となった。いくら呪われていようと、サフィアの身に宿る魔力は本物だったから。

決して他人の目がある場所で手袋を外してはいけないと強く言われ、管理される日々だ。

他に並び立つ者のいない存在としてメキメキ力をつけたものの、この身が呪われているからこそ、身分が高くなることなどない。

サフィアは永遠の下っ端。

それでも、一生懸命働くしか、残された道はなかった。

だから召喚の儀式も頑張った。失敗すれば命が危うくなることはわかっていたけれど。

まだまだこの世界に残る強い瘴気。王都の聖女たちだけが頑張ってもジリ貧だ。

特に、現場を走り回る下位聖女への負担はあまりに重く、看過できるような状態ではなかった。四年前のような大瘴気が再度発生すれば、いよいよこの国は危ないかもしれない。だから、伝説にもある異世界の渡り人の召喚が決定された。

なにせ、異世界の渡り人は誰よりも強い光の魔力を持っていると言われているから。

長いこの国の歴史の中でたったひとりしか存在し得ない大聖女。初代国王と結ばれ、教会を創設した運命の乙女だ。

渡り人は、そんな大聖女の称号を授けるに相応しいかもしれない稀代の存在。この国は、渡り人に頼るしかなかった。

その召喚士として選ばれたのがサフィアだったのだが――。

（あれから、何日経ったのかしら）

幾度か朝日が昇り、夜になるのを繰り返したはず。その間サフィアは寝たきりで、何度か世話係が出入りしたのはわかっている。

枯渇していた魔力は、休息によりある程度回復している。持てる力すべてを使い果たしたつもりでいたから、ちゃんと魔力が戻ってきていることにホッとしつつ、手袋の上から腕輪をなぞった。

いつまでも寝てばかりではいられない。

サフィアには、異世界の渡り人が無事なのか確認する責任がある。それが召喚した者の矜持だ。せめてあの少女が、この世界で恙なく暮らしているのかくらいは知りたい。

だから、どうにか動かなければ。そう思った時、部屋にノックの音が鳴り響いた。

現れた人物を見て、サフィアは言葉を失った。

長い水色の髪に、ディープブルーの瞳。少し尖った耳は、彼に一部エルフの血が流れている証拠だ。

この国の教会を束ねる大神官、通称『水の大神官』ロレンス・ナルクレヒトその人であった。

まさか彼が、わざわざ教会の端にあるサフィアの部屋に足を運ぶだなんて。いくら直属の上司とはいえ、どうしても緊張してしまう。

彼は侯爵家の出という確かな後ろ盾もある。しかし、サフィアが緊張するのは別の理由があった。

ロレンスは、この世界を束ねる六柱のうちのひと柱『水の神』の愛し子なのだ。その証拠に、右手には世界でたったひとりしか授けられないと言われている『水の神環』が輝いている。

彼の血族は特別で、この国でも特に由緒が正しい。中でも彼は、幼い頃から抜きん出た魔力を授かって生まれてきたという。

七歳で洗礼を受ける際に、まさにこの大教会にて神の祝福が与えられたのだとか。大勢の者たちが見守る中で神環を授かったその姿は、神の寵児と言うに相応しい姿だったという。

二十代後半に差しかかる頃には大神官の位に抜擢され、以後、この聖ファリエナ大教会を導いてきた。たたき上げのサフィアとは家柄も生い立ちも全然違う、まさに神環に選ばれるべくして選ばれた人物と言えよう。

ほんのりと蒼く染まった腕輪は大変美しく、清浄な気を発している。魔力だって群を抜いており、さらにこの美貌。まさに彼は神の寵児だった。

同じ外れない腕輪の持ち主といっても、突然呪われたサフィアとは大違いだ。

「大神官様」

とてもではないが、寝間着で出迎えていい人物ではない。

慌てて立ち上がろうとするも、ロレンスがすぐにそれを制した。サフィアの前まで静かに歩き、冷ややかな瞳でこちらを見下ろしてくる。

「あ、あの。儀式は、成功――」

しましたか？　という短い言葉さえ、最後まで告げさせてもらえない。

「あと、一年だ」

ひんやりとした、温度のない声だった。

「え？」

「一応教えておいてやろうと思ってな。お前の命は、あと一年だと言っている」

時間が止まったような気がした。

なにを言われているのかわからなかった。

一年。命。余命。

淡々とした声で宣告され、サフィアは言葉を失う。

「儀式に必要なのは莫大な光の魔力と、聖女の命。神の温情か、すべて奪われなかったことに感謝することだな」

彼の言葉が頭に入ってくるはずがなかった。

この大教会で最も優れた光属性の魔力の持ち主はサフィア。それは紛れもない事実で、自分が召喚士に選ばれたことも納得していた。

しかし、命――すなわち寿命まで消耗するだなんて初耳だ。

ゾッとした。体の芯から震えが湧き起こる。

余命一年ということは、わざわざ稀少な鑑定水晶で調べたのだろうか。

いや、そんなことはどうでもいい。そもそも、彼はサフィアが死ぬことすら想定していたというのか。そこまでわかっていたのに、サフィアの了承も得ず、召喚術を使用させたという事実がのしかかる。

唇を噛み、なにも返事ができないでいると、ロレンスは鼻で笑うだけ。

「まあ、ユリ様を無事召喚してくれたのだ。そこは褒めてやろう」

サフィアの命を代償に召喚した異世界の渡り人は、ユリという名前らしい。

「よくやった、サフィア」

ロレンスに仕えてから初めてもらった労いの言葉だった。

ずっと、ずっと欲しかったひと言のはずなのに、まったく心に響かない。召喚も成功したのは喜ばしいことだ。でも――。

(ロレンス様が、笑っている)

普段、鉄面皮と有名な彼が、綻ぶように微笑んでいる。まるで遠くを見るような瞳は、いったい誰に向けられたものなのか。

なにかを思い出すような甘い表情の先に、ひとりの娘の姿が思い当たった。

異世界の渡り人。ユリという名の彼女だ。

（ああ……）

彼女は、この教会できっと大事に扱われるだろう。

サフィアが心配するまでもなかった。

ロレンスに認められ、こうも甘い表情をさせるのだ。ユリの未来は輝かしいものになるはず。

強制的に召喚され、不憫とすら思っていた少女が、明るい未来へと羽ばたいていく。一方で、
サフィアは誰にも気付かれず、ひっそり命を落とすのだ。

「では仕上げといくか、サフィア」

サフィアは顔を上げた。仕上げの意味がわからない。

「最後の仕事として、お前に最も華々しい任務を与えてやろう」

余命一年になるまで命を捧げて、これ以上なにをしろと彼は言うのか。サフィアはギュッと
寝間着の裾を握りしめる。

「治療役としてアルシェイド殿下のもとへ行け」

「えっ⁉」

その名前を聞いて、サフィアは目を見開いた。

それは聖女にとって、最も恐ろしい宣告であった。

ライファミル王国第二王子アルシェイド・ノイエ・ライファミル。かの人物の治療役の任は

『聖女の墓場』と言われている。

アルシェイドはかつての英雄である。

大瘴気に対応したのは、なにも聖女だけではない。莫大に数が増えた魔物討伐に、兵士や騎士、冒険者などが大勢借り出された。その際、最も大きい成果を上げたのがアルシェイド率いる英雄パーティーだと言われている。

少数精鋭の非常に優秀な戦士だけを集めた、最強の集団。四年前、わずか五人という少人数で、瘴気に侵されたブラックドラゴン——すなわち瘴気竜の討伐に成功したのである。

しかしアルシェイドは、瘴気竜の返り血を大量に浴びた結果、瘴気中毒に罹患し、前線から退くこととなった。

(瘴気中毒患者は聖女にしか治癒できない。でも……)

特別なブラックドラゴンの瘴気だったからだろう。普通の瘴気中毒ではなかった。

彼の治療にあたった聖女は、治療するどころか、ことごとく光の魔力の資質自体を失ってしまうのだ。ゆえに聖女を引退せざるを得なくなる。

結果的に教会側も彼を警戒し、不要とされる聖女だけを派遣するようになった。そうして力を失わせたら、引退に追い込めるから。

「お前ならできるだろう？　呪われたお前に、かつての英雄の役に立てる栄誉を与えてやると言うのだ」

それは方便だ。だって、そこは聖女の墓場だ。

（渡り人を召喚するために、他の聖女を犠牲にしたと思われたくないのね）

もし儀式で死んでいたのなら、名誉の死だとかなんとか言って華々しく伝えていたかもしれない。しかし、サフィアは中途半端に生き残ってしまった。

ロレンスとしては、サフィアを騙して寿命を奪った醜聞を世間に知られたくないのだろう。だからサフィアを聖女の墓場へ追いやろうとしている。命が尽きる前に、サフィアが自ら聖女を辞めざるを得なくするために。身分さえ剥奪すれば、サフィアがどんなに騒いだところで信じる者はいなくなるから。

（私、聖女ですらいられなくなるの？）

まだ、ここに来てなにも成していないのに。

辺境に暮らす人々のため奮闘したい。そんな目標すら叶えられなかった。

あと一年。アルシェイドのもとで力を失った後は、どうすればいいのか。

（最期は、家族のもとでゆっくり暮らしていい？）

いや、こんな呪われた娘、邪魔になるだけだ。

（野垂れ死ぬしか、ないのだわ）

誰もサフィアを大切にしてくれなかった。

力があればあるだけ消耗させられ、こき使われた。最期くらい自分の望む環境で過ごしたいのに、それすら許されない。

（アルシェイド殿下も、こんな気持ちなのかしら）

瘴気中毒を患ってからというもの、王都の外れにある森の屋敷にひっそりと住んでいると聞いている。

（殿下はこの国の英雄だもの。城で暮らそうと思えば、暮らせるはずなのに）

瘴気中毒は厄介だ。思考がまとまらず、体内から湧き出す怒りを抑えきれなくなるのだという。凶暴性が増し、看病する側が怪我をする例も多い。

でも、彼は特別だ。本来ならば国としても城にとどめ、なんとか治療を試みるだろう。彼にはそれだけの功績と身分があるはずだ。

（ただ、あまりに中毒症状が進むと、人が魔物になってしまうこともあるって聞くわ）

まさか、と思う。

いや、第二王子が魔物化したとまでは聞き及んでいない。しかし、周囲に人を寄せつけないほどに、中毒症状が進んでいるとすれば。

だから城に留め置かず、森の屋敷に押し込められているとも考えられる。

（もしかして、殿下も捨てられた？）

サフィアはぐっと唇を噛んだ。

（私と、同じ）

彼もまた、国に見放された存在なのかもしれない。

本来英雄として脚光を浴びてもいいはずなのに、瘴気中毒のせいで存在を消して生きなければならなくなった。今のサフィア自身と重なり、胸がギュッとなる。

（だったら。どうせ、この命が尽きるなら）

せめて、アルシェイドだけでも自由に生きてもらいたい。と、そこまで考えてハッとする。

（——そうよ、自由）

突然湧き出たその単語が、すとんと胸の奥に落ちていく。

この任務を終えたら、サフィアは教会を出ることになる。ずっと教会にこき使われて生きてきたけれど、とうとう解放されるのだ。

サフィアははたと固まった。

（自由に、なったら）

サフィアは息を呑む。

今まで考えたこともなかった未来だった。しかし、サフィアの中でなにかが芽吹いたのは確かだ。

（野垂れ死ぬしかないと思っていたけど、もしかしたら別の終わり方があるかもしれない）

今はまだすぐに答えを出せない。けれど、ギュッと手を握りしめる。

（殿下に自由を。そして、私自身も）

自分とよく似た境遇の人。最後に治すなら、彼がいい。

聖女の力を全部失ってもいい。そうしたら、余った時間も少しは気分よく過ごせるかもしれないから。

だからサフィアは頷いた。

――アルシェイドのもとへまいります、と。

そうと決まれば早速とばかりに、三日後からサフィアはアルシェイドの屋敷へ通うことになった。

ユリのことも気になるが、彼女は教会の中でも特別だ。今のサフィアの立場で会えるはずもない。

サフィアはひとり街外れへ向かい、森の中へと入っていく。

本当にこんな場所に第二王子が住んでいるのか？と疑わしく思えるほど鬱蒼（うっそう）とした森の奥に、その屋敷はあった。

どこか古びた印象の、大きな屋敷だった。

しかし、外観を含めてあまり手入れをしていないのか、白い壁は薄汚れており、蔦が生い茂っている。すべての部屋のカーテンが閉ざされており、中の様子はちっともわからない。枯れ葉の掃除もされておらず、あまりに寂しい雰囲気だ。

それに人の気配がない。いくら瘴気中毒といえども、アルシェイドは第二王子だ。使用人がいるはずなのに、どうなっているのだろう。

サフィアは表情を強張らせたまま、恐る恐る屋敷へと近づいていく。

（一応、ドアベルはあるわね）

鳴らしてみようかと足を向けたその時だった。

「誰だ！」

頭上から声が聞こえた。

いったい誰、と身構えたけれどももう遅い。気が付けば、誰かに押し倒されている。

ザン！と、首近くの地面に剣が突き立てられる音がした。強い風が吹き、地面に散らばっていた枯れ葉が巻き上がる。

黒い影の向こうに空が見えた。なんと二階から飛び降りてきた誰かが、サフィアを捕らえたらしい。

黒い髪が揺れた。夜の色を宿した色彩は、木々の合間から差し込む光を浴びると、紫色を帯びて艶めいている。こちらを射抜くような鋭い瞳はルビーレッド。瞳の奥にひどく濁ったような鈍い光を湛え、睨みつけてくる。

憎悪に染まった視線に晒され、サフィアの体内にゾクゾクとした感覚が駆け巡った。

「その白いローブ、教会の聖女か？」

まるで温度を伴っていない冷たい声だった。

むしろ、こちらが聖女であることを疎ましく思っているかのようだ。

スッと通った鼻梁に薄い唇、引きしまった頬と非常に綺麗な顔立ちをしているが、その精巧さがいっそう彼を人ならざる者に思わせる。

白いシャツに黒のベストと同色のパンツ。黒いグローブは浅く、右手首には黒に近い紫の腕輪がはめられている。

さらに肩にかけただけの黒いコートには、瞳と同じ赤の切り替えの他、いくつもの魔石、銀糸の精巧な装飾が入っているが、優雅な王子の纏うものとはまた違う。まるで魔法騎士のような凜々しさの向こうに、ぐるぐると渦巻く瘴気の存在を感じ、サフィアは息を呑んだ。

（この方が、アルシェイド殿下⁉　なんて瘴気なの……！）

魔力を集中させて目を凝らすと、彼の周囲に黒い靄（もや）のようなものがまとわりついているのが見えた。

息苦しさを感じるほど重たい瘴気。そのあまりの濃さに、胸がギュッと痛む。

瘴気中毒に冒された人間は、何人も目にしてきた。

けれど、今まで出会った誰よりも濃厚な瘴気の存在に、絶句する。こうも濃い澱みを、彼はただひとりで抱え込んで生きてきたのだ。

いったいどれほどの苦しみか。サフィアだからこそわかる。今すぐにでも暴走し、そのまま本当に人ならざる者――すなわち、魔物化してしまってもおかしくないほどの瘴気だ。

（よく、ご無事で……！）

いまだ彼が人であり続けられている奇跡に感謝した。同時に、彼の抱えるものの重さを理解し、手を伸ばす。

聖女はその手で、治療する者に触れなければいけない。だから半ば無意識だった。もはや反射的に、自分が彼を治療せねばと思ったのだ。

だって、生半可な聖女では、この中毒症状を治せるはずがない。

今、自分がやらなければ。そんな強い意志で、体内の光の魔力を呼び覚ます。

しかし相手は元英雄。サフィアが魔力を編んでいることなどお見通しだったのだろう。

「やめろっ！」

バシッと伸ばした手を払われる。

「お前ら聖女はいつになったら学ぶんだ！　死にたくなければ、放っておいてくれ！」

そう言って、すぐさまサフィアから離れようとする。

アルシェイドの表情には焦りが浮かんでいた。同時に、こちらを心配するような色をわずかに宿す。

（今まで、ここにやってきた聖女はみんな、力を失ったのだったわ）

すぐさま追い返そうとしているのも、彼なりにサフィアを思いやってくれているからなのかもしれない。

――なんて、甘い解釈だとわかっている。けれど、これほどの中毒症状を抱えながら正気でいられる人の人間力を信じたくなった。

ならば、サフィアだって容赦はしない。

「放ってなど、おきません」

「なんだって」

「あなたは私が治療します！」

半ば意地のようなものだ。サフィアは強い眼差しで、手の平に魔力を溜めた。そして彼に触ろうとする。

「馬鹿なことをするな！　これまで、聖女たちがどんな――」

「力を失うだけじゃないですか！」

「だけって、お前」

アルシェイドは驚いたように言葉に詰まった。

今だ、とばかりに手を伸ばした。彼の頬に触れた瞬間、彼も焦って反射的にサフィアを振りほどく。

ふたりして体が縺（もつ）れ合い、ごろりと転がった。視界がぐるりと反転し、その反動でなにかがサフィアの唇に触れる。

（え？）

ふにっとした柔らかな感触。

もしかしてこれは、と思考停止し、魔力が引っ込んだ。

あまりの衝撃で動けない。いつの間にかサフィアの方がアルシェイドに覆いかぶさってしまっているけれど、それよりも今は――。

（え？　えっ？　これって、まさか）

すぐ目の前にあるアルシェイドの綺麗な顔。その近さに互いに目を見開く。

（き、き、きき……キス⁉）

頭が真っ白になる。同じようにアルシェイドも相当驚いたのか、サフィアの体を突き放した。

ガバッと顔を離し、互いに視線を逸らす。

体中の熱が集まったみたいに頬が熱い。チラッとアルシェイドの顔を見てみると、彼もまた耳まで真っ赤にしながら、口元を押さえていた。

そのまましばらく動けないでいると、アルシェイドからとうとう抗議の声が起こった。

「………いつまで俺に乗っかっているんだ。どいてくれないか」

「あっ！」

慌てて彼の身体の上から飛びのくも、そうだ、アルシェイドの治療が半ばだった。というよりも、せっかくこの手で触れられるチャンスなのに、すっかり呆けてしまっていた。

拒否されるくらいならいっそこのまま——と思ったその時だ。

ザッと膨大な魔力がサフィアの全身に駆け巡る。なにこれ、と瞬いた時にはもう遅い。

光の魔力ではない。なにかもっと別の——そうだ、これは闇の魔力だ。それがサフィアの体の隅々まで行き渡り、全身の血管という血管に沁みていく。

かと思えば右腕から光が溢れ出した。

「きゃっ！」

眩いほどの光は、サフィアの手首あたり、すなわち手袋で隠された腕輪から溢れている。

「なんなの⁉」

反射的に手袋を剥ぎ取る。

信じられないことに、アルシェイドの方からも強い光が放たれていた。どうやら彼の右手首にはめられている腕輪が、煌々と輝いているようだ。

サフィアは白、そしてアルシェイドは紫。それぞれの光を湛えながら、周囲を眩く照らし、やがて集束していく。

「なに、これ」

不思議な感覚だった。

召喚の儀でごっそり失ったなにかが体の隅々まで満たされていくような。同時に、誰かの気配が自分の中に溢れてソワソワするような。今までのサフィアの中にはなかったなにかが、心ている。

ふと、彼と目が合った。アルシェイドもまた信じられないという顔をして、わなわなと震えている。

「そんな、馬鹿な。まさかお前」

彼がガバッとサフィアの右腕を捕まえた。かと思えば、問答無用に白金の腕輪に触れる。

「この腕輪！　嘘だろう⁉」

そのまま右腕を引き寄せられ凝視されるも、サフィアの方もハッとする。だって彼が触れている腕輪は、サフィア以外の人間が触っていいものではないのだから。

「っ、だめです！　この腕輪は、呪われていて！」

慌てて振り払おうとするも、離してくれるつもりはないらしい。ギュッと強く手首を掴んだまま、白金の腕輪を指でなぞっていく。

手首は痛いほど強く掴まれているのに、まるで神聖なものにでも触れるような手つきだった。

「これが呪われているだと？」

そう問われ、息を呑む。

やってしまった。つい口を突いて出てしまっていたが、もう遅い。

この腕輪の存在を誰にも知られてはいけない。水の大神官ロレンスに、口を酸っぱくして言い聞かせられていたのだ。しかし、見られたどころか呪いについてまで口を滑らせてしまうだなんて。

「離してくださいっ」

必死で藻掻くが、力では敵わない。アルシェイドは真剣な眼差しで腕輪を見つめたままだ。

「お願いします。離して。でないと！　呪いが、あなたにも！」

この呪いはサフィアがそのまま抱えて逝く。そう決めているのに、彼に悪影響があってはいけない。抵抗するも、彼は離してくれなかった。

「神の寵愛を呪いと言うのは、随分な聖女だな。──まあ、気持ちはわからないでもないが」

「え？」

気が済んだのか、パッと手首が離される。サフィアは慌てて後ろに体を引きずり、解放された手首を押さえた。強く掴まれていたからか、赤くなっている。今さらだけれど、もう一度手袋で隠そうとしたところを止められた。

「お前、聖女のくせにそれがなんなのかわかっていないのか」

「えっ」

「こうも無知な女が神環の持ち主だなんて、光の神も報われんな」

「神、環……？」

信じられない単語が飛び出してきて、サフィアは目を瞬いた。

体に力が入らない。地面にへたり込んだまま、アルシェイドの方に目を向ける。

一方彼は立ち上がり、パンパンと土埃を払う。そして、心底不本意だとばかりに自らの髪をくしゃくしゃとかき混ぜていた。

「ということは、この聖女が俺の神環の番に？　クソ、勘弁してくれ」

悪かった顔色をいっそう悪くして、吐き捨てる。額にはたっぷり汗が浮かび、目の下にはくっきりと隈がある。本来ならば立っているのもつらいのだろう。

彼はこちらをギロリと睨みつけた後、玄関に向かって歩いていってしまう。

「待ってください！」

「来るな！」

「嫌です、私は、あなたの治療を！」

そう言って駆け出すも、パンッ！と透明な壁に阻まれた。

結界だ。かなりの魔力を持つ者しか張ることのできない高位魔法。明らかな拒絶を感じ、サフィアは胸の前でギュッと手を握りしめる。

彼がこちらを振り返ることなどない。

「俺は、誰かと番なんてごめんだ。神環の番を解く方法を見つけるまで、俺に近寄るな！」

そう吐き捨てて、彼は去っていってしまった。

当然結界もそのままだ。サフィアは文字通り、彼の屋敷に近寄れなくなってしまった。

呆然としながら教会へ戻る。

今のサフィアは空気のような存在だ。親しい人間など存在せず、彼女の帰還を誰も気に留めない。

とぼとぼと長い回廊を歩きながらも、考えるのはアルシェイドのことばかりだ。

神環、光の神、神環の番。気になる単語がいくつも飛び出し、それを受けとめるので精一杯だった。

（これは、呪われた腕輪ではなかったの？）

神環といえば、まさに教会内に神環持ちが存在する。

水の大神官ロレンス・ナルクレヒト、彼は水の神の寵児だ。彼の右手には蒼い神環が輝いており、それは世界でたったひとり、水の神に認められた存在に授けられるものだと聞き及んでいる。

この世界には六柱の神があらせられる。光、火、水、土、風、そして闇。その中の一柱、水の神に選ばれたのがロレンスだというわけだ。

そして同じように、他の六柱の神々もそれぞれの寵児を選んでいるのだという。

（アルシェイド殿下は、光の神がどうとか仰っていたわ）

手袋越しに、手首にはめられた腕輪の存在を確認する。

（もし、これが光の神環だったとしたら？）

ゾクリとした。

まさかとは思う。でも、おかしいと思っていたのだ。

呪われていると言われていたけれど、サフィアの体になにか悪影響を与えていたわけではない。むしろ、この腕輪がとても美しく思えたし、どことなく清浄な気配すら感じていたから。

(触れた相手になにか悪影響を与えるものだって思っていたけれど、そうじゃなかったのね)

ロレンスの言葉を信じ切っていた。

自分ではない誰かを呪ってはいけない。そう思って、サフィアは決して誰にも、この腕輪に触れさせないように生きてきたのだ。

(だったらどうして大神官様は、これを呪いだと?)

ひとつだけ思い浮かぶことがある。

清廉潔白で誰よりも尊き存在であるロレンス。侯爵家の出で、世界でわずか六名しか存在しない神環の持ち主。彼に並び立つ者など、いてはいけない。

同じ教会内に、神環の持ち主は不要。ましてやそれが、最上神とも言われる光の神の寵愛を受けた者だったとしたら――。

(私の存在が、不都合だった?)

下手をすると、彼の地位を揺るがしかねないから。

ちり、とした痛みが胸の奥に宿る。彼に認められたくて、何年も何年も頑張り続けてきた。

けれども、そんなものは無意味だった。

ロレンスは自らの配下にサフィアを置くことで、見張っていたのだ。サフィアの存在を。

先日の召喚の儀は渡りに船だっただろう。儀式でサフィアが命を落としたならそれでよし。そうでなくとも、彼は儀式が召喚士の命を削ることを知っていた。サフィアに寿命を捧げさせ、消せばあるいは、と。

なるほど、どれだけ努力しようと、サフィアが認められる未来などなかったのだ。

サフィアは唇を噛みしめた。

（ふふ、私ったら、馬鹿みたい）

そんな事実にも気が付かず、ロレンスの呪縛に縛られたまま、言われた通りに生きてきたなんて。

サフィアにとってはロレンスの存在が呪いのようだった。もっと早く気が付けていたら、違う未来があったかもしれない。

光の神環に選ばれたこの力だって、今よりも有益に使えていたはずだ。そうしたら、アルシェイドだってあんな瘴気中毒にはなっていなかったかも。

いや、考えはじめたらキリがない。サフィアはほうと息を吐き、目的の書架までやってきた。

教会の奥にある書架には神話や魔法、それからこの世界の成り立ちに関する資料がごまんと置いてある。ここならば目的の資料もあるはずだ。

サフィアは表情をキリリと引きしめ、大量の書籍と向き合った。

（神環の番――神環の番――、あった、これね）

古代語は勉強している。古書特有のくすんだ香りが漂う書物。そのページを、傷つけないようにそっとめくった。

（神環とは、この世界を想像した六柱の神々が、愛し子を地上にひとりずつ定め、授けたもの）

それぞれの神が司る六属性。魔力はその六つのうちのいずれかに染まっているという。

サフィアの場合は光だ。闇以外の他の属性も授かってはいるが、光ほどではない。

神環とは、属性ごとに、世界で最も秀でた存在に与えられるものというわけだ。

（私が、世界で最も強い光属性の持ち主ってこと？）

魔力は努力によって成長する。だから神環の持ち主は、入れ替わることもあるらしい。

（この神環は、ある日突然私の手元に現れたわ）

聖女になったのは成長期の頃だ。無理を重ね、仕事に奔走する日々の中で、魔力が増大したのは確かだ。さらに大瘴気に対応するうちに、とんでもない量の魔力を手に入れてしまっていたということか。

ぐずぐずと、複雑な気持ちが胸の奥に宿った。

神環を手に入れてしまったがために、自分はロレンスに取り込まれた。まるで存在を消すかのようにこき使われ、寿命まで奪われた。

（ううん、過去のことはもういいの。今は殿下よ）

神環の番。その言葉から想像するに、サフィアとアルシェイド両者に関わることだ。

（殿下の右手に輝いていた腕輪、おそらくあれも神環よね？）

黒に近い紫色だった。あの色彩から判断するに、闇の神環だろうか。

光と対を成す最上級属性の闇。もともと英雄と名を馳せていたアルシェイドの実力を考えても、彼が闇の神環持ちであることは十二分に頷ける。

（あったわ、これね。ええと、神環の番とは、神環を持つ男女が口づけを交わすことで、結ばれ――え？）

口づけ？　つまり、キス？　それってまさかと、サフィアは肩を震わせる。

ふわりと、あの感触が蘇る。

唇に触れた柔らかなもの。サフィアにとっては初めての感触だった。

整ったかんばせ。すぐそこにアルシェイドの長い睫毛が見えた。漆黒の睫毛に縁取られた切れ長の目。深いルビーレッドはすべてを見透かしているかのごとく聡明に見え、吸い込まれそうな気持ちになった。

今も思い出すだけで、意識が全部彼に奪われそうで――。

（いけないっ！）

バッと片手を頬に当て、サフィアは深呼吸する。

落ち着け。あれは事故だ。そこにはなんの感情も伴わない、不慮の出来事でしかない。

（でも、私、アルシェイド殿下とキス、しちゃったのよね）

サフィアにとってはファーストキスとなる。その相手がまさか、アルシェイドだなんて。

心臓がドキドキと、妙に大きく鼓動しはじめる。

意識してはだめだ。彼も迷惑そうだった。ふるふると首を横に振り、サフィアはもう一度書物に向き直る。

（深呼吸深呼吸。ええと、神環の番は、神が定めた共存関係である、か）

そもそも、この世界には人間以外に、獣人、エルフ、ドワーフなど、様々な種族が共存している。人間は特別な存在などではなく、神環はどの種族にも平等に与えられ得る。

（他の神環は人間以外の誰かが持っている、ということもあるわけよね）

むしろ、エルフやドワーフの方が魔法適性は高い。種族を越えて婚姻を結ぶことも稀にあり、人間の中に彼らの血が混じることもあるのだという。

（そういった場合は、すごく子供ができにくいとは聞いているけど）

有名なのはロレンスだ。彼のナルクレヒト侯爵家は、三代か四代前にハーフエルフの血が混じったのだという。特にロレンスにはエルフの血が色濃く出て、彼はああ見えてかなりの長寿なのだ。

（ええと、種族を越えた共存関係を作るために、神々は神環の番という形を作った。すなわち、神環の番になることで……え？）

　信じられない言葉が後ろに続いている。

「魔力、寿命を共有し、離れていても互いの存在を感じられるように？」

　言葉を失った。

　魔力、寿命。

　いや、魔力はおそらく、今のサフィアでもアルシェイドと負けず劣らずの力を持っているだろう。

（でも寿命は）

　背筋が凍る心地がした。

　カタカタカタと、体が震え出す。

　歯が噛み合わない。でも、逃げてはいけないと続きの文章に目を走らせる。

「もともとは神の寵児同士が愛し合った際、種族の違い、寿命の違いを乗り越えるために神々が創造した制度。双方の神環により、寿命、魔力を分かち合う。その代償として、片方が不意に命を落とせば――」

　――もう片方も、死ぬ。

　容赦ない言葉が続き、サフィアはその場に膝をついた。

　まだまだ文章は続いているが、まともに頭に入ってこない。

つまり神環の番とは、愛し合う神環の持ち主同士が結ばれるために神が創造した婚姻制度。種族が異なると寿命も大きく違ってくるため、それを分け合い、生涯をともに過ごすためのものだ。

（私が死ねば、アルシェイド殿下も死ぬ……？）

サフィアの寿命はあと一年。

（ううん、違うわね。記述が本当なら、私の寿命は延びているはずだもの）

正確には、アルシェイドと分け合っている。なにか事故にでも遭わない限り、すぐに死ぬ心配はなくなった。最悪の事態は避けられたが。

（それでも、私が。私のせいで、殿下の寿命が――）

彼とは同じ人間同士だ。年齢は向こうが少し上ではあるが、たいして変わりはない。命を分け合うというのは、アルシェイドの寿命をおおよそ半分ほど削ってしまうことになるのではないだろうか。

（私……私、なんてことを……！）

偶然のキスとはいえ、サフィアがアルシェイドの寿命を奪ってしまったのと同義だ。

（寿命が減っていること、殿下は気付いてるの？）

いや、その可能性は低い。そもそも、サフィアの寿命があと一年であることなど、サフィア自身もはっきりとした自覚症状はなかった。教会にしかない鑑定水晶を使わなければ、わからないはず。ロレンスに教えられなければ、気付いていなかっただろう。

それと同じで、彼は知らず知らずのうちにサフィアに寿命を奪われていることになるわけだ。自分の犯は、は、と短く呼吸をする。全身から汗が噴き出し、指先までカタカタと震えた。自分の犯した罪を抱えきれなくて、押しつぶされそうだ。

神環の番。アルシェイドが拒絶した理由がよくわかる。

そもそもこれは、愛し合う神環の持ち主同士のために神が定めた制度だ。条件の厳しさからも、歴史上ほとんど存在しないほど稀有なもの。

サフィアとアルシェイドは今日初めて出会ったばかりの赤の他人でしかない。たまたま互いが神環の持ち主であり、偶然キスをしてしまったために発動しただなんて、あってはいけない。

（絶対に、解消しなきゃ）

アルシェイドの瘴気中毒を治すだけではない。絶対に、彼に寿命を返してあげなければいけない。サフィアはそう心に決め、なにか手がかりはないかと書物の続きに目を通す。

その時だった。

「――っ!?」

心臓がズキンと、ひどく痛んだ。

次に湧き起こってくるのは衝動。暗く、深く、重い嘆きのような感情だ。

――どうして、どうして我々を捨てた。殺した。襲った。迫害した。

おびただしいほどの負の感情の洪水。まるで瘴気を生みだした、多くの生命の恨みのような声が聞こえてくる。

（これが、アルシェイド殿下に蔓延（はびこ）った瘴気の声？）

ああ、こんなの、ひとりが抱える恨みではない。

ありとあらゆる生命が抱えてきた憎しみの渦。その片鱗がサフィアの中に湧き起こり、バタンと本を閉じる。ギュッと胸元で重たい書物を抱えたまま、膝をついた。そうして体を丸め、湧き起こる衝動を受け流す。

なんだこれは。いったいなにが起こった。ただでさえ、サフィアひとりでは事実を抱えきれないのに――と考えたところで、はたと気付く。

神環の番の記述に、こんな一節がなかったか。

離れていても、互いの存在を感じる、と。

湧き起こる破壊衝動は瘴気中毒の主症状だ。この重い衝動がアルシェイドと繋がったせいだとすれば、彼は普段からこんなとんでもない衝動と戦っていることになる。

あの、古びた屋敷を思い出す。

鬱蒼とした森の中にひっそりと佇む寂しい家。彼以外に住人はいなさそうだった。

でもそれは、彼の抱えているものを考えると当然かもしれない。この破壊衝動をやり過ごすのは大変だろう。近くに人がいれば、問答無用で襲いかかってもおかしくはない。それほど激しく、深い感情だった。

ぽた、と汗が流れ落ちた。

（殿下は、お優しい方なのね）

第二王子であれば、それでも世話係を置く権利はあるはず。しかし、それすらも諦め、誰も傷つけないようにひとりで暮らしているのではないだろうか。

彼はこの国の英雄だ。命を張って、皆を守った代償がこれだなんてあんまりだ。そんな寂しい生き方をしてほしくない。

「絶対、治療しなくっちゃ」

神環の番に関してももちろん解消する。

しかしその前に、彼を苦しみから解き放ってあげたい。

そう心に決め、サフィアは顔を上げた。

第二章　瘴気中毒と新しい約束

翌日も早々に、サフィアはアルシェイドの屋敷へと向かった。

とはいっても、今のサフィアが馬車など手配してもらえるはずもなく、とぼとぼと徒歩で行くしかない。

アルシェイドと会うまでは魔力を無駄に消費したくない。だから身体強化魔法も使わず、時間をかけて街外れの森へと向かった。

昨日の今日だから、簡単に会ってもらえるとは思えない。それでもベルを鳴らしてみようと屋敷に近寄ろうとして、弾かれる。

結界だ。昨日アルシェイドによって張られた結界がそのままになっている。いや、サフィアが来るのを感じて、改めて張り直したのかもしれない。

（殿下、ちゃんと家の中にいらっしゃるみたいね）

神環の番となったせいだろう。姿は見えずとも彼の存在を強く感じた。

胸の奥がざわつくような妙な感覚がある。どこか落ち着かず、サフィアは両目を閉じて深く呼吸した。

（殿下だって、きっと私が来たことに気付いてくださっているはず）

ここにいる。ちゃんといる。

サフィアはただ、アルシェイドを助けたい。そんな気持ちでアルシェイドに呼びかける。

「殿下、お願いです！　出てきてください！　私は、あなたの瘴気中毒を――きゃっ！」

しかし、言葉を発することすら許されない。サフィアの横すれすれに、黒い閃光のような刃が走った。

アルシェイドの魔法だろう。地面が抉られ、落ち葉が巻き起こり、宙を舞う。まともに当たればただでは済まない威力だ。

彼は相変わらず屋敷の中だ。こちらを見てもいないのに、魔法を正確に放てる腕は本物だ。

これは脅しだ。いつでも、お前を傷つけられるという彼の意思そのものだ。

彼とサフィアは命を共有しているから、あくまで威嚇だろう。それでも強い拒絶を感じ、サフィアの背中に冷たい汗が流れる。

だが、諦めるわけにはいかないのだ。

――だからサフィアは通った。どれだけ無視されようとも、毎日。

昼間はアルシェイドの屋敷に毎日通う。彼の治療が許されずとも、サフィアは彼の味方でありたかった。

何度屋敷に行っても、彼以外の気配はない。彼は本当にひとりぼっちなのだ。がらんとした屋敷の雰囲気に、サフィアの胸は痛むばかりだ。

しかし、ひとりで籠もって生活するには限界がある。

通ううちに、生きていくのに絶対に必要な食事はどうしているのだろうという、純粋な疑問が浮かんだ。

だからサフィアなりに考えて、生活するのに必要なものを用意することにした。

毎日なにかしらをバスケットに詰めて、彼の屋敷の前で待ち続ける。もしかしたら不要かもしれないけれど、これがサフィアにできるすべてだから。

もちろん彼は姿を現してくれなくて、結局は結界の前に手紙とともに置き去りにするしかなかったけれども。

一日、二日、一週間。しばらく通ううちに、ちょっとした変化が見えるようになる。

最初は置き去りになったままの物資が、とうとう回収してもらえるようになった。それが嬉しくて、いつしかサフィアは手作りの料理を用意するようになる。

これまで溜め込んできたなけなしの給金をつぎ込み、彼のために料理を用意した。冷めても美味しいものをバスケットにいっぱい詰め込んで持参する。

もちろん彼に会えるはずもない。結局は置いていくことになるのだけれども、翌日にはバスケットが空になっている。だからサフィアは一日とて休まず、彼の屋敷に通い詰めた。

一方夜は教会に戻って、そのまま書架に引き籠もる。空が白むまで、神環の番に関する資料を探し、書物を読みふけった。

休む時間なんてなくていい。サフィアのすべてで、彼のためになにかを成したかった。

神環の番の解消方法は簡単には見つからなかった。

そもそもこの世界が創造されてからいったい何組の神環の番が存在するのか。そう多くはないはずだから、資料が見つからないのも無理はない。

それでもサフィアは諦めたくなかった。無為に生きることで、アルシェイドの命を無駄に消耗したくない。少しでも、寂しいあの人のためになにかしてあげられたら——そう思い、通い続けて一カ月が経った頃のことである。


このところずっと晴れていたから油断した。

朝、教会を出る時はよく晴れていた空が、昼頃にはすっかり雲に覆われ、やがて雨が降りはじめたのである。

サフィアはそれなりに力を持った聖女である。魔法を使用するのもお手の物で、これくらいの雨など少し結界を張ればなんともない。

けれども、どうしてだろう。これっぽっちも、そんな気にはなれないのだ。

自分のために余分に魔力を使うくらいなら、すべて彼の瘴気中毒を治療するためだけに使いたい。これは一カ月、地道に通い続けた意地のようなものかもしれない。

しとしとと、雨が全身を濡らしていく。

秋もすっかり深まり、体はひどく冷える。けれども、サフィアは手元のバスケットを濡らさないようにしっかり抱え込み、カーテンすら開かない二階の窓を見つめ続けた。

自分のことなどどうでもよかった。それよりも、アルシェイドだ。こうして屋敷の前にいてもわかる。彼がたびたび、ひどい瘴気中毒の症状に悩まされていることくらい。

たまに屋敷の中から、物が壊れるようなとんでもない音が聞こえてくる。サフィアはそれが、瘴気中毒をやり過ごすための唯一の手段なのだと知っていた。

――ほら、今だって。

ガシャーン！と陶器が割れるような音がする。

今すぐにでも彼のもとへ駆けつけたい。けれども強固な結界が、今日もサフィアを拒み続けている。

「殿下！　ここを通してください！」

サフィアは呼びかけた。しかしその声は、雨の音にかき消されてしまう。

「あなたを治療させて……！」

いつしかサフィアは全身濡れ鼠になっている。淡い紫がかった銀髪が額に、頬に貼りつき、聖女のローブもぐっしょりと濡れて重たくなっている。

一時間が経ち、二時間が経った。

全身がひどく寒く、体が、脚が、指先がずっと震えている。

でも、サフィアは動かなかった。彼に出会うまでは、ここから動いてなるものか。雨に打たれて、余計に意固地になっている。

わかっている。このような状態で彼に呼びかけても、届くことなんてない。

でもどうかと祈りを捧げる。

待つことしかできないサフィアだけれど、少しは頼ってほしい。この身に助けを求めてほしい。それさえしてくれたら、全身全霊をかけて彼を助ける用意はある。いくらだって、彼のために頑張れるのだ。

これはアルシェイドの寿命を奪った贖罪のようなものかもしれない。それでも、彼のためになにかしたくてたまらない。

（だからお願い。お願いだから、その姿を見せて）

そんな想いを抱き、屋敷を見据え続ける。

自分が高熱を出していることにも気が付かず、何時間もそうして待ち続け――とうとうサフィアは立っていることすらできなくなる。

意識がふらついた。視界が揺らぎ、力が抜ける。

どさりと、バスケットが地面に落ちた。

あ、だめ、と思ったけれどどうにもならない。その場に膝から崩れ落ちる瞬間、サフィアの瞳は黒い色彩を微かに捉えた。

「どうして諦めないんだ、あなたは！」

あなた。その呼びかけに、サフィアは泣きたくなった。

初めて出会った時はお前と呼ばれ蔑まれた。でも、今はもっと温かいなにかを感じる。

たったそれだけで心が満たされて、自然と頬が綻んだ。蜂蜜色の瞳を細めて彼の姿を映す。

とうとう、彼に会えた。それがこんなにも嬉しくて、サフィアは口角を上げる。

そんなサフィアの顔を覗き込みながら、アルシェイドは信じられないというように目を剥いた。かと思えば、すぐに表情をくしゃくしゃにして、サフィアを強く抱きしめる。

遠のく意識の中で、サフィアは思った。

ああ、今なら彼を癒やせる、と。

朝からほんのわずかも、魔力を使っていない。体は限界だけれど、魔力だけは充ち満ちている。だから――。

「殿下」

サフィアは手を伸ばす。問答無用で、彼の頬に触れた。

アルシェイドがハッとして顔を上げるけれど、もう遅い。今、サフィアの体内にある光の魔力を全部、全部、全部、全部つぎ込んでみせる。

（祓え。祓え――！）

消え去れ。彼の体を蝕む瘴気など、全部消し飛んでしまえ。

アルシェイドは幸せにならなくてはいけない。この国を守ってきた英雄が、こんな寂しい暮らしをしていてはいけない。サフィアができない分、自由に生きてほしい。

そんな願いをつぎ込み、全身全霊で瘴気を祓う。

今まで様々な瘴気を祓ってきたが、こんなにも濃く、凝縮されたものと対峙するのは初めてだ。大きな抵抗を覚えるが、サフィアは怯まない。

（どうか、この寂しい人に自由を――）

己の中の全部で、それを叶えたい。

彼が纏っていた黒い靄が、どんどん霧散していく。浄化の魔法に抵抗しているのか、さらに彼の体内から噴出し、空高く渦巻く。でも、それも全部吹き飛ばしてしまえばいい。

心臓がズクンと大きく軋む。息をするのも苦しく、サフィアは歯を食いしばる。

（祓え。祓え――全部、祓え――！）

体の中の魔力という魔力を全部つぎ込み、アルシェイドの纏う瘴気と対峙した。

やがて。

サフィアの中が空っぽになった時、靄の向こうに、はっきりと彼の姿が見えた。

（――――綺麗な、お顔）

サフィアは瞳をうっとりと細めた。

アルシェイドはもともと、とても整った顔をしていた。ただ、その身を瘴気に蝕まれていたせいか、どこか肌は青白く生気が感じられなかった。

けれども今はどうだ。たちまち肌に赤みが差し、澱んだルビーレッドの瞳には光が宿りはじめている。

（もう、大丈夫）

気を失ってもいい。

ここで捨てられても、さすがに死ぬことはないだろう。

ひとつ使命は果たしたとばかりに、サフィアは微笑み、意識を手放すことにする。

こちらに呼びかける悲痛な声が聞こえた気がする。

けれどもきっと、夢だろう。

どうせサフィアはアルシェイドに疎まれている。一方的に、サフィアが尽くしたいだけなのだから。

＊＊＊

腕の中で崩れ落ちる聖女を見た。

名前すら知らない。屋敷の外で何度か名乗っていたのは聞こえたが、意識して耳を傾けないようにしていたのだ。サ——なんとか、という響きだった気がするが、ちっともわからない。

（せめて、手紙に目を通していたら）

どうせ美辞麗句が並んでいるだけだろうと、目を通す前に塵にしてしまっていた。

——いや、単純に、これ以上彼女に情が湧くのが怖かっただけかもしれない。毎日毎日、誠心誠意こちらに気持ちを訴えてくる彼女に心を動かされなかったと言えば嘘だから。

「おい！　しっかりしろ！　おい‼」

矮小な自分のちっぽけな意地のせいで、彼女の名を呼びかけることすらできない。その事実に絶望しながらも、アルシェイドは立ち上がった。

ひどい熱だ。こうしてはいられない、すぐに彼女を介抱しなければと、咄嗟に自分のコートで彼女の体を包んでから抱き上げる。

（軽い）

己の腕の中の人物が、どれほどか弱い存在か改めて実感した。

カラン、と神環が揺れる音がした。その手首の細さにゾッとする。

こんな彼女を、己のちっぽけな意地で、何日も何日も外に立たせ続けたのだ。挙げ句の果てに、あんな冷たい雨の中にさらして——。

「くっ……！」

軋む心を押しとどめ、アルシェイドは無我夢中で屋敷の中に駆け込む。

屋敷の中はひどい有様だった。瘴気中毒にやられ、破壊衝動を鎮めるためにのたうち回る日々。そうする中で、壁や装飾品、床などをひどく損傷してしまっている。

もともとは古いながらもそれなりに見映えのする家だったのに、今は見る影もなくなってしまった。そんな瓦礫だらけの玄関ホールを横切り、二階へ向かう。

(気を失っていてよかったと言うべきか)

こんな家、見せられたものではない。

彼女は女の子だ。もはや廃墟のようなこの家を見て、引かれる未来がありありと見える。

(いや、引かれたところでなんだというのだ)

くだらない被害妄想に時間を割いている暇はない。屋敷の中で唯一、まともに部屋として機能しているアルシェイドの自室に彼女を連れていく。

歩きながら自分と彼女に纏わりついた水分を魔法で弾き飛ばす。

今日までずっとコントロールが難しかった繊細な魔法がいとも簡単に行使でき、呻いた。四年前と同じか、それ以上に魔力を自在に操れるようになっているようだ。

ああ、わかっている。これは、確実に瘴気中毒が治っている。あれほど体が重かったというのに、今はなんともない。体は気力に充ち満ちていて、気持ちも凪いでいる。

(なんて力だ)

こんな感覚、初めてだった。

大瘴気が蔓延る前から、アルシェイドは常に自らの身を前線に置いてきた。

アルシェイドは第二王子だ。しかし、この国の政治は尊敬する兄に任せておけばいい。戦う力を持った自分は、自分にしかできないことをしよう。それが兄と交わした約束で、自分が強い魔物たちと対等以上に戦えていたことが誇らしくもあった。

しかし、瘴気を帯びた魔物と対峙することは、少なからず瘴気を浴びることと同義だ。高い布施を納め、聖女たちによってこの身を治療してもらってきたが、それでも、体内から完全に瘴気を追い出すことなどできなかった。

特に大瘴気の発生後、ブラックドラゴン、すなわち瘴気竜と戦ってからは悲惨だった。並の聖女程度では、なんの癒やしも得られなかった。それどころか、聖女たちの方が力を失ってしまう始末だ。

だが、今はどうだ。感じたことがないほどに体が軽い。

(神環の番による治療だったからか？　それとも、彼女の力が特別だから？)

どちらでもいい。重要なのは、彼女がアルシェイドの体を隅々まで治療し、さらに彼女自身もその力を失っていないということだ。

ごっそり魔力は使用してくれたようだが、他の聖女たちのように光の魔力の資質まで喪失してしまうようなことはなさそうだ。その事実にホッとしつつ、自室のドアをくぐる。

なんとか破壊衝動に負けず、守り通してきた自分の部屋だ。天蓋などもついていないシンプルな形のベッドだが、それなりに広く快適だ。

そこに彼女を横たわらせ、上掛けをかける。

「ええと、熱があるから……水、いや、氷水か？」

その前に桶と布巾が必要か。

誰かの看病などしたことがない。なのでアルシェイドは遠い自分の記憶を呼び起こす。幼い頃、城で熱を出した時にどのように看病してもらっていたか。

あいにく丈夫に生まれたもので、病気とは無縁だった。ただ、頭を冷やした方がいいことは確かだ。

「待っていろ」

気を失っているから、返事がないことはわかっている。

これは無意味な行動だ。けれども、彼女の頭を撫でずにはいられなかった。

さらりとした髪の感触。冬の月を溶かしたような淡い紫の銀髪は美しく、清らかな彼女にはとても似合いの色彩に思えた。

そういえば、瞳だって美しい蜂蜜色だった。

気を失う前に彼女が浮かべた、蕩けるような笑みが忘れられない。

あまりに綺麗だった。あの時、あの瞬間、確実にアルシェイドは彼女に見とれていたのだ。

（って、なにを考えているんだ！　早く、看病を）

ふるふると首を横に振り、手を離そうとする。

しかし、なぜか名残惜しい。なんだこの感情はと、振り回されていることを自覚しながら、アルシェイドは彼女の髪をぐしゃぐしゃとかき混ぜる。

それからようやく彼女から離れ、自室を出た。

（桶に布巾、大丈夫、ちゃんとあったはずだ）

損傷がひどい屋敷ではあるが、一応生活できる程度には物が揃っている。

この家に移り住んだ時、心配した兄がつけてくれた使用人たちはすぐに解雇してしまったが、定期的に荷物を寄越してくれているのだ。

アルシェイド自身、瘴気に侵された魔物と戦うために旅をしていた。下手に足手まといを連れていきたくなかったため、軍ではなく、少数精鋭パーティーでだ。ほとんど冒険者のような生活をしていたから、質素な生活には慣れている。

一応料理も――まあ、栄養を取る程度のものなら作れるし、生活魔法だってひと通り扱える。光属性の魔力だけは授かっていないため、彼女を治療してあげられないことは残念だが。

（っ、だから、彼女のことはなんとも……！）

アルシェイドはブンブンと首を横に振った。

相手は偶然神環の番となってしまっただけの存在だ。そんなものに縛られるのはごめんだ。相手が聖女であるならば余計に。

（教会の人間など、信じられるか）

思い出すだけで、吐きそうな気持ちになる。かつて、瘴気竜を倒した時のことを。

アルシェイドが闇の神環の持ち主であることを知る者は多くはない。

堂々と身に着けているが、そもそも神環というものがどんなものなのか一般人は知らない。

こちらが主張しない限り、それが神環だと認識する者はいないのだ。

有名どころだと水の大神官ロレンス・ナルクレヒトも神環の持ち主だが、彼は例外だ。神環の存在を主張し、それを信仰に結びつけている。まあ、合理的な男だった。

一方のアルシェイドは、神環の持ち主だと知られることを避けていた。

アルシェイドは第二王子だ。尊敬する兄がいて、彼こそがこの国の王太子。次期国王に相応しいと思っている。

ジグリウド・ノイエ・ライファミル。五つ年上で、今は二十八歳。若くして優秀な彼は、将来有望な王太子だ。

黒髪に赤目という暗い色彩を持った自分とは対照的な、華やかな金髪に碧眼という、まさに光の王子。彼が面倒事を全部引き受けてくれるから、アルシェイドは自由に生きてこられた。

アルシェイドは無骨なところがあるし、愛想もよくない。政治に向いているはずもなく、兄が政治を、アルシェイドが軍部をまとめることで、自分たち兄弟はうまくいく。物心ついた頃から、自分の進む道を迷いなく指し示してくれたからこそ、アルシェイドも伸びやかに育てたのだと思っている。

――この身に『竜血』が強く出ていると知るまでは。

(俺は、竜血持ちだと知られるわけにはいかない。まだ)

心の奥に、暗い感情が落ちていく。

瘴気は綺麗さっぱり祓われたはずなのに、竜血の存在がアルシェイドの気分を曇らせる。

竜血、それはこの国を治めるライファミル王家の起こりに由来する。

二千年以上の長い歴史を持つこの国は、もともとは竜と人との混血が興した国なのだ。まさに神環の番で結ばれたふたりによって、王族には竜の血が流れることとなった。

その血が二千年もの刻を越えて、アルシェイドに色濃く出た。結果として、アルシェイドは強すぎる魔力と長い寿命を授かってしまったというわけだ。

それが判明したのは十二の頃だ。

成長期を迎え、魔力が急成長するとともに、右手に闇の神環が現れた。

まだロレンスが大神官となる前だ。当時は王家と教会の関係が今より深く、両親は騒ぎにならぬよう秘密裏に神環とアルシェイドを鑑定水晶にかけ、はっきりしたわけだ。

おかげで寿命は二百から三百年。さらに強すぎる魔力まで授かってしまった。これが人々に知られれば、兄ではなく自分を次期国王に推す者も出てくるだろう。

それだけはだめだ。自分には向いていない。はっきり自覚しているからこそ、アルシェイドは兄であるジグリウドを推した。

ゆえに兄が戴冠するまでは、竜血と闇の神環の存在を隠すことを心に決めたのだ。

瘴気を祓うためとして、軍ではなく少人数のパーティーを率いることを決めたのもそう。この身に大軍を束ねる才があると思われるのを避けるためだった。

苛酷な戦闘も多かったが、功績を挙げれば兄の役に立てる。そんなことも嬉しかったし、やりがいも感じていた。

大瘴気の発生以降は特に苛酷な環境に置かれたが、希望を失ったことなどなかった。

――瘴気竜を倒すまでは。

強い瘴気を身に纏ったブラックドラゴン。

本来、ドラゴンは聡明な生き物で人を襲うことなどありえない。しかし瘴気に侵されたドラゴンは、ものの判断などつかなくなっていたようだ。

討伐するしかなかった。

厳しい戦いではあったが、仲間たちの奮闘もあって、討伐は無事に成功した――ように思えた。最後に、瘴気竜の心臓を貫くまでは。

大量の血が噴出し、それらがアルシェイドに降りかかった。魔法ですぐに振り払うも、遅かった。魔物の頂点とも言える存在のドラゴン。その存在を侵すほどの瘴気がどんなものか、ちっともわかっていなかったのだ。

アルシェイドの力をもってしても、その瘴気に抗うことは不可能だった。

この身は瘴気中毒となり――あの通りだ。前線から退き、森の奥の屋敷で引き籠もることしかできなくなった。

それもこれも、誰も傷つけないために。

自分が暴れてしまえば、兄の評判に傷がつく。それだけは絶対にあってはいけない。だから、中毒症状が和らぐまで隠れて暮らそう。

なに、自分には長い寿命がある。十年や二十年かかろうとも問題ない。

布施さえ払えば聖女の癒やしも受けられる。気長に治療を進めていけばいつかは、と思っていたけれど、そううまくはいかなかった。

いつしか、この屋敷が『聖女の墓場』と呼ばれるようになった。

聖女に治療してもらうことは叶わず、むしろその力を喪失させてしまう始末。結果、力を失った聖女は引退するしかなくなる。

さらに、悲劇の連鎖は終わらなかった。

鑑定水晶は教会の持ち物だった。だから秘匿とされたはずの情報をどこかで拾い上げられたのだろう。現在、大神官となったロレンスが、アルシェイドが闇の神環の持ち主であることに気が付いたのだ。

国に神環の持ち主はひとりでいいとばかりに、こちらを牽制しはじめた。

教会が、異世界の渡り人を召喚すると主張したのもこの頃だ。

そしてそれは、この国に蔓延る瘴気に聖女が対応しきれなくなったからであり、アルシェイドたちが瘴気竜を討伐したからだと吹聴したのである。

瘴気竜を討伐した影響で、かの竜が溜め込んだ瘴気が再び世の中に噴出した、と。

根も葉もない嘘だ。そもそも、瘴気竜の抱えた瘴気を引き受けたのはアルシェイドだ。ロレンスはそれをわかっているはずなのに、あえて噂を流し、人々にアルシェイドを糾弾させた。

英雄と謳われていたはずが、一変。アルシェイドこそが人類の敵となった。

いったいなんのために、自分が戦ってきたのかわからなくなった。

昨日まで自分を慕っていてくれていた民が、あっという間に手の平を返す。瘴気中毒に侵された精神では、その事実をまともに受けとめることなどできようはずもない。

ひどく、外が恐ろしく感じた。

瘴気中毒が治ったとしても、もう外に出ることなど叶わない。

自分は人々に害を成すだけの存在となってしまったのだ。

王家の人間であるがゆえ、兄や両親に迷惑をかけてしまう。それも許せなくて、でも、どうしようもなくて。周囲から人を排除し、ひとりでひっそりと生きていくことを決めた。

それもこれも全部、ロレンスのせいだ。

（奴こそが、教会の瘴気のような存在なのにな）

召喚された渡り人とやらも、今頃いいように使われているのだろう。嘆かわしいことだとばかりに息を吐く。

（まあ、最終的に彼女をここに追いやったのが運の尽きだったがな）

彼女――ああ、名前がわからないのが本当に悔やまれるが、とにかく、あの光の神環持ちの女性だ。

ロレンスがアルシェイドを疎ましく思っていたのと同じように、彼女のことも疎ましく思っていたのだろう。聖女としての力を失えばいいとばかりに、こちらに寄越してきた。

（神環の番になっていたのがよかったのか、はたまた、光の神環持ちの力を見くびりすぎていたと言うべきか）

どちらにせよ、彼女は健在で、アルシェイドは力を取り戻した。

ザマを見ろと思う。ロレンスにとっては最悪の結末に違いない。

おそらく、ロレンスは日頃から彼女を裏で酷使していたのだろう。莫大な力を持つわりに、これまで彼女の評判を耳にすることなどなかった。彼女の行動すべてを管理し、その功績を自分のものにしてきた、というところか。

（胸糞が悪いな）

ああ、胸が疼く。

これまで一カ月、どれほど彼女がアルシェイドのために心を砕いてくれていたのか。それを、嫌と言うほどに実感した。

鬱屈とした日々の中で、彼女が毎日通ってくる姿を見るのは、ひとつの清涼剤のようなものだった。もちろん、すぐには信じる気にはならなかったが。

どれだけ無視し続けても、彼女は毎日毎日、健気に通ってきてくれて、こちらに呼びかけてくれた。

瘴気に侵されたこの身に、彼女の声だけは清らかに響いたのは本当だ。

別に、彼女とこれ以上交流を深めるつもりはない。しかし、十分以上に恩義を感じている。

彼女の力は本物で、すでに光の神環の持ち主に相応しい誠実さも持ちあわせていることはわかっている。ぞんざいに扱われていいはずがないと思うのに。

彼女が触れた瞬間を思い出す。

つい先ほど目にした奇跡だ。体の隅々まで、清浄な気が駆け抜け、痛みも苦しみも衝動も気持ち悪さも、体内に蔓延っていたドロドロしたものをすべて攫っていってしまった。

彼女は間違いなく、救いだった。

神の存在は、自分にとって複雑なものではあるが、それでも、彼女の顔がまるで女神のように映ったのだ。

（綺麗だった。とても）

――なんて。

なにを考えているのだと、首を横に振る。

だが、あの奇跡を一生忘れることはないだろう。この長い命尽きるまで、きっと。

胸の奥に燻るむずむずするような感情。アルシェイドはそれを見ないふりをして、息を吐く。

（神環の番は、寿命を共有するもの）

長い、あまりに長い人生。やがてひとりぼっちになることは覚悟をしている。

それに彼女を巻き込んではいけない。だから――。

（番関係は、解消しなければ）

彼女のためにも、絶対に。

＊＊＊

ふと目を覚ました時、部屋の中が随分と明るいことに驚いた。

教会のサフィアの部屋は狭く、窓だって小さい。たてつけが悪くて隙間風は冷たいのに、どこかじめっとしている暗い部屋だった。ベッドも狭くて硬く、いつも壁にピッタリとくっついて落ちないように眠っているのに。

（ここは……？）

今は違う。サラサラとした感触は、シーツだろうか。初めての感触に戸惑いつつ、ぼんやりとした頭で考える。

（ん、んんっ？）

窓から差し込む光は柔らかく、朝特有の気配を伴っている。

そう、朝。どう考えても朝なのだ。

（ここ、どこっ⁉）

ガバッと飛び起きて、サフィアは周囲を見回した。

見たことのない部屋だ。深い臙脂色のカーテンは左右で留められ、白いレースカーテンが揺れている。広い部屋の中には物は少なく、シンプルな机にソファー、ベッドくらいだ。ただ、置いてある調度品はどれもこれも高級な物なのか、重厚感があり、細やかな装飾が入っている。

教会の雰囲気とは全然違う。貴族のお屋敷にしては装飾が少ないような気もするが、裕福な人の家であることは容易に想像できる。

さらに、すぐ近くに置いてある椅子に黒のコートが無造作にかけられているのを見つけ、ハッと気が付く。

（ま、まさか）

思い当たる場所がひとつだけある。というよりか、それ以外考えられない。

（アルシェイド殿下のお屋敷⁉）

そんなまさか！と思ったその時、ガチャッとドアが開いた。現れた人物と目が合って、サフィアは硬直する。

夜の色をした黒い髪と、ルビーレッドの瞳が印象的な彼、アルシェイドであった。

彼も彼で、こちらが目ざめているとは思わなかったのだろう。不意をつかれたように固まり、しばらく。

「失礼。――起きていたのか」

ごほん、と咳払いをする。

それをサフィアは、不思議な気持ちで見ていた。

彼の肌には赤みが差し、まるで憑きものでも落ちたかのようなスッキリした顔をしている。くっきり浮かんでいた隈は消え、今は表情だって柔らかい。

変わらぬ美しい顔をしているけれど、以前のアルシェイドとはまるで別人だ。

「殿下、瘴気中毒は？」

まだ頭はまともに働かない。しかし、考える前に尋ねていた。

呆けるサフィアに対し、彼はパチパチと瞬き、少し気恥ずかしそうに口元に手を当てる。

「あなたのおかげでこの通りだ。助かった」

そのひと言で、すべて報われたような気がした。自然と表情が緩み、眦が下がる。溢れんほどの喜びで頬が綻び、気が付けば言葉が漏れている。

「よかった……！」

ああ、これで彼は救われた。もう大丈夫だ。心の奥底から安堵し、ほうと息を吐く。

それを見たアルシェイドが息を呑んだが、いったいどうしたことだろう。

（って、私！　こんな状態で……⁉）

そこでようやく、自分が起き抜けのひどい顔をしていることに気が付いた。慌てて上掛けをガバッと引き上げ、膝に顔を埋める。

服は聖女のローブのままだ。昨日はびしょびしょに雨に濡れ、泥で汚れてしまっていたが、今は綺麗だ。アルシェイドが魔法で整えてくれたのかと理解するも、いやいや、それどころではない。顔も洗っていなければ、髪だってボサボサなのだ。

「見苦しい姿をお見せして、申し訳ございませんっ」

そう主張しながら、手櫛で髪を整える。

「いや、こちらもすまない。女性の就寝中に」

「いえ」

身支度もなにもない。着の身着のままで、昨日からこの部屋のベッドを占拠してしまっていたのだろう。と、そこまで考えて、さらに青ざめた。

「もしかして、このお部屋って」

「俺の私室だが」

「っ、っ、っ、すみませんっ‼」

嫌な予感が的中して、慌てて起き上がる。転がり落ちるようにベッドから出て、寝具を整えようとするも、体が思うように動かなくて膝から崩れ落ちる。

「おい⁉」

バッと目にも留まらぬ速さでアルシェイドが駆けつけ、なんとか受けとめてくれた。

顔を上げると、すぐそこにアルシェイドの綺麗なかんばせがあって、目を見開く。瞬間、キスをしたあの感触を思い出して頬が赤くなるのを自覚したが、違う。これは単純に熱があるからに違いない。

「まだ熱がある。急に起き上がろうとするな」

やっぱり。彼の言う通り、きっとこれは熱だ。考えがまとまらないのも全部、熱のせい。

耳朶に響くテノールに、ますます緊張してしまう。こくこくと頷きながら体を強張らせると、距離の近さを彼もようやく自覚したらしい。

「っ、とにかく、無理をするな。ベッドは好きに使っていいから、まだ寝ておけ」

ガバッと視線を逸らすも、以前の彼とはまったく態度が変わっていた。

「ほら」

一切の躊躇なくサフィアを抱き上げ、もう一度彼のベッドに寝かせてくれる。

「でも、すでにひと晩も。殿下はどこで休まれたのですか？」

「……俺はどうとでもする。もともと冒険者のような生活をしていたのだ。慣れている」

ということは、他にベッドなどもなかったのだろうか。

大きい屋敷だから、他の部屋に休む場所もありそうなものだが、まさか野宿のようにどこかで雑魚寝をしたのだろうか、と嫌な予感が駆け巡る。

「いいから。とにかく寝ていろ。今度目の前で倒れられても、もう助けないからな！」

そう言って彼はパタパタと部屋を出ていき、勢いよくドアを閉めた。かと思えば、なにか忘れ物でもしたのか、すぐに戻ってきてドアを開ける。

「っ、名前は⁉」

「え？」

「あなたの、名前だ。まだ聞いていなかった」

「あ……」

それを聞くためだけに、わざわざ戻ってきてくれたのだろうか。

今まで取りつく島もなかった彼が歩み寄ってくれている。不思議な感覚だが、自然と笑みが溢れた。

「サフィアと申します。サフィア・リアノーラ。西方の、リアノーラ男爵家の出で――」

「サフィア。そうか、サフィア」

ブツブツと、ドアノブに手をかけたまま彼は繰り返す。そうするうちに彼の口元がわずかに緩む。

「うん、サフィア」

言葉の端になぜか甘さを感じて、サフィアは目を丸くした。

一夜にしていったいなにが起こったのだろうか。驚きで固まっていると、彼がこちらに視線を向けてハッとする。

「いや、失礼。ずっと気になっていて――じゃない。とにかくっ！　なにか食べられるものを持ってくるから、寝ているように。いいな」

最後は命令口調でビシッと言い放ち、再びドアが閉められる。バタバタと彼が屋敷の奥に消えていったかと思うと、なぜか階下からドカンッ！とか、バキンッ！とかとんでもない音が聞こえてきた。

（え？　ええ、と？）

なんの音だろう。

いや、今は言われた通り、大人しくベッドに寝っ転がるしかない。素晴らしい手触りのシーツに、ふかふかのベッド。こんな快適な場所で眠ったことなどなく、逆に落ち着かない。

遠くから響く謎の騒音が止まることはない。それがまた、落ち着かなさに拍車をかける。

（食べものを用意してくださっているのよね？）

おそらく、アルシェイド自ら。ありものを持ってきてくれるのか。いや、まさか調理しているというようなことはないと思うのだが、この音である。正直、不安しかない。

気が気ではなくてソワソワしていると、再び足音が近づいてきた。コンコンコン、と今度はちゃんとノックがあり、彼が顔を出す。

「……待たせたな」

なんだか顔色が悪い。入り口からひょっこりと顔だけ出してこちらを覗き込んでくる。しかも、なぜかモジモジしており、部屋の中に入ってくる様子はなかった。

「あの、殿下……？」

「笑わないか」

「え？」

「笑わないと約束しろ」

アルシェイドは随分と真剣な表情で念押しをしてくる。

「は、はい。約束します？」

頭にいっぱい疑問符を浮かべながら頷くと、ようやく彼は部屋に足を踏み入れた。

トレーの上には、水の入ったグラスと器が置かれている。アルシェイドは再び躊躇した後、おずおずとそれをサフィアに差し出してきた。

「…………」

「…………えっと」

おそらく、パン粥かと思われるなにかのような気がしないでもない。

パンらしきなにかの残骸が散らされていて、それらがミルクの水分を全部吸いきった上で焦げており、その上からさらにミルクを追加投入したのか全体がなんとも言えない色に仕上がっているし、煮立ったミルクが一部凝固しており、不思議な粘性がありそうだが。

まごうことなきパン粥、なのだろう。多分。おそらく。

「…………………俺が悪かったいくらでも罵ってくれ」

居たたまれなくなったのか、最終的には早口になる始末だ。トレーをサフィアの膝の上に置いた後、覚悟を決めたとばかりにこちらに向かってずっと頭を下げたままである。

「ええええ⁉　殿下、恐れ多いです！　頭を上げてください！」

こうも落ち込まれると恐縮するのはこちらだ。

「そもそも殿下に食事をご準備いただくこと自体、ありがたいと言いますか、あってはならないことで」

サフィアはアルシェイドに世話をしてもらえるような身分ではないのだ。オロオロするも、アルシェイドは難しい顔をしたまま首を横に振る。

「あなたに助けられたのは事実だ。これでも、感謝をしているんだ。だから、少しは、と思って、だな」

参ったとばかりに、アルシェイドは額を押さえる。

「――あなたに用意してもらったものとは大違いで、すまない」

アルシェイドは気まずそうに、ずっと視線をふらつかせている。

「一応、料理はそれなりに慣れているつもりなのだが、これだからな。腹に入れれば一緒だとは思っているが」

どうも顔色が悪い。もしかして、普段からこのように凄惨な料理を喉に通してきたとでもいうのだろうか。

「恐れ入りますが、殿下。やはり、普段からご自分のお食事も？」

「……この家のどこに、他に料理できる人間がいると思っている」

「ですよね」

ここ一カ月近く、サフィアが通い詰めてきたのは無駄ではなかったのだ。それがわかり、ホッと胸を撫で下ろす。同時に、胸の奥がしくしく痛むような感情も込み上げてきた。

かつての英雄が、誰よりも率先して、前線で戦ってくれた人が、ずっとこの大きな屋敷でひとりひっそりと生きてきた。身の回りのことはすべて自分でして、料理も腹に入れば同じだとばかりに、適当にごまかして。

こんな生活、あんまりではないか。

サフィアはギュッと唇を噛みしめてから、彼が用意してくれた料理に向き直る。

きっと奮闘してくれたのだろう。口にするのは少々勇気がいるけれど、彼の気持ちが嬉しくて匙を手に取る。

ほんのわずか、しっとりとミルクの染みたパンを掬い上げ、口元へ運んだ。

プンと濃いミルクの香り。パクリと口に入れた瞬間、グニュッという食感が襲ってくる。不思議な食感ではあるけれど――。

(甘い)

厳しい言葉は多いし、まだこちらを警戒しているのはわかる。それでも、彼の優しさを十分に感じる味だった。

ひと口、ふた口。もっと。ひと口食べるごとに食感も味も変わる不思議な料理だけれど、心がぽかぽかと温まっていく。

サフィアの表情が柔らかく解けていったからだろう。アルシェイドもようやく眦を下げ、胸を撫で下ろしていた。

すべて綺麗に平らげて、サフィアは匙を置く。

アルシェイドは、サフィアが食べ終わるまで微動だにせず、そこで待ってくれていた。もしかしたら、料理の味が不安で目を離せなかっただけかもしれないけれど、そんなところもいっそかわいく思えてくる。

「ご馳走様でした。とても――とても美味しかったです」

「世辞はいい」

「ふふ」

そっぽを向いているけれど、耳はちょっと赤い。口数も多くはないし表情だって硬いが、案外わかりやすい人なのかもしれない。

（うん。この不器用で、優しい人の寿命を奪ってはいけない）

それがサフィアの出した結論だった。だから、にっこりと微笑んで顔を上げる。

「殿下、提案がございます」

居住まいを正し、真剣な目を向けた。

先ほどまでと空気が変わったのを感じ取ったのか、アルシェイドもまた、表情を引きしめてこちらに向き直る。

ルビーレッドの瞳と目が合った。サフィアの心の内などすべて見透かしてしまいそうなほど鋭い視線だ。少なからず緊張しながらも、サフィアは俯かない。

「私は教会の駒です。あなたの治療役としてここに派遣されました。理由は、殿下にはおわかりでしょう」

「捨てられたか。大神官のやりそうなことだな」

まさかロレンスについてまで言及されるとは思わず、目を見開く。

「あの男の本性を知らない俺だと思ったか？　あなたは神環持ちだ、余計だろう」

「もしかして、殿下も？」

「…………」

沈黙は肯定だ。王家と教会は密接な繋がりはあるものの、一枚岩ではない。不用意な発言は控えているようだが、アルシェイドの方もなにか事情がありそうだ。

「渡り人召喚に成功した今、私の存在は不要となったそうです」

「そうか」

彼は短く言葉を切り、表情を曇らせる。

「苦労したな」

たったひと言。でも、確かな労いの言葉に、サフィアはギュッと手を握り込んだ。

教会の中にいると、ロレンスの言葉は絶対だ。彼の直属であるのは光栄なことで、正直やっかみも絶えなかった。実際は苛酷な任務ばかりに向かわされる大変な日々であったけれど、ようやく、そんな自分が報われたような気がした。

目頭が熱くなり、俯く。

大丈夫だ。冷静になれ。こんなところで涙を見せるな。そう自分に言い聞かせ、何度も深呼吸をした。そうして気持ちを落ち着けて、顔を上げる。

「神環の番、不意の事故でこのようなことになってしまいましたが、私だって殿下に迷惑をかけたくはありません」

「ああ」

「だから、協力しませんか？　この関係を解くために」

アルシェイドは唇を引き結んだ。いっそう厳しい顔になり、キリリと眉を吊り上げる。

彼にとって、この関係性は不本意なものだろう。迷惑そうな顔をしていたし、放っておいてもひとりで解消方法を探ると思う。

「私は教会の施設に自由に出入りできます。王家では手に入らない資料だって、目にする機会も多いでしょう。それに、私は殿下の治療役となりました。堂々とここへ通ってこられます」

これなら自由に情報交換ができる。そう主張し、胸を張る。

しかし、アルシェイドはすぐには頷かなかった。

「番であることは、あなたにとっては都合がいいのでは？」

「え？」

余命のことがバレているのかと、冷たい汗が流れた。

いや、彼には知る権利がある。隠していてはいけない。それはわかっている。

「俺と、魔力を分け合うことができる。王家の後ろ盾だってできるわけだ。伝説では、将来を誓った男女が契る関係性だったらしいしな。公表さえすれば、ゴシップ好きな貴族どもも飛びつくぞ」

つまり、婚姻を求めないのかと問われているのか。

確かに第二王子と結婚できるとなって、喜ばない女性はいないだろう。しかし、今は彼の口から寿命に関する言及がなかったことにホッとした。

（言わなきゃ。わかっている、言わなきゃ）

体が強張った。口の中がカラカラに乾き、ギュッと拳を握りしめる。

言え。ちゃんと伝えろ。自分の存在が、彼にとってどれほどの不利益になるのか白状しろ。

そう言い聞かせるけれど――。

「先ほども申し上げましたが、あれは事故です。私など、殿下の相手は務まりません。速やかに解消するのが道義でしょう?」

――言えなかった。

単純に、事実を告げるのが恐ろしかったのもある。

でも、それ以上に、もし彼が寿命のことを知ってしまったら?と考えたからだ。

アルシェイドのことをよく知っているわけではない。しかし、すでにわかっている。きっと彼は誠実な人だ。

サフィアはすでに彼の人となりを信じている。だからこそ、サフィアの寿命を告げたら、番関係を解消することを躊躇すると思ったのだ。

それはだめだ。彼には憂いなく、解消のために動いてもらわなければならない。

「それだけ正直者で、よく大神官のもとでやってこれたな」

「おかげさまで、万年下っ端聖女です」

「フン」

くるっと背を向けて、彼は考えるように口元に手を当てる。

その横顔を見て、本当に美しいなとサフィアは思う。やはり彼とは住む世界が違うから、自分などが神環の番になるなどあってはならないのだ。

「表向きは治療役です。ここに通うことを許していただけましたら、掃除、洗濯、料理、なんだってやりますよ」

「…………っ」

アルシェイドの表情が変わった。

（……ぐらついてるわ）

なんでも自分でできる、と言いそうではあるけれど、できないと思う。恙なく暮らせていたならば、調理する時にあんな音が聞こえてくるはずがないのだ。

ここ最近、せっせと料理を運んでいたのも功を奏したのかもしれない。

「私だって、日中教会にいたら怪しまれますし、またいいように大神官様にこき使われます。だから、私にも逃げ場所をください」

「持ちつ持たれつというわけか」

はあ、と大きく息をつき、彼はこちらに向き直る。

「いいだろう。あなたの提案を呑もう、サフィア」

名前を呼ばれ、ハッとする。背筋をピンと伸ばし、真っ直ぐ視線を送った。

そんなサフィアに、アルシェイドはスッと手を差し出してくる。

「きちんと名乗らずに失礼した、アルシェイド・ノイエ・ライファミルだ。よろしく頼む」

「サフィア・リアノーラです。殿下に精一杯尽くします」

「いや」

固く握手を交わしたところで、アルシェイドはもの言いたげな様子で眉根を寄せる。

「そういうのはいい。あなたは俺の臣下ではない。そうだろう？」

「あ」

考えてみたら、確かにそうなのかもしれない。

ただ、今までの人生、ずっと誰かの下についてきた。だから、尽くすことが当たり前になっていたけれども、それではだめなのだ。

だって、サフィアはもう決めている。自分は変わるんだって。ロレンスに利用されてきた自分にサヨナラして、最後の一年、自由に生きようと決意した。アルシェイドを神環の番から解放して、外の世界に飛び出すのだ。

――なんて。一度決意したはずなのに、ちょっとだけぐらつく気持ちもある。

サフィアはすでに、アルシェイドのことを気に入ってしまったから。これから彼と過ごす日々に、少なからず期待してしまっている。

（でも、ちゃんと神環の番を解消しますから。それまでは、どうか）

キュッと唇を引き結ぶ。握っていた手に、強く力を込めて頷き返す。

(どうか、あなたの隣で、一緒に過ごしてもいいですか？)

そんな願いを込めて、ふわりと微笑んだ。

「わかりました。よろしくお願いします、殿下」

「ああ」

そういえば、ここに来てから表情が緩むことが多くなった気がする。今さらながら、教会ではずっと気を張っていた事実に気が付き、苦笑する。

捨てられた後は、野垂れ死ぬだけと思っていた。けれど、サフィアにはもう少し、穏やかに生きる道が残されていたらしい。

(でも、わかっているわ)

早急に、彼のものを彼自身に返さなければいけないことくらい。

「ちゃんと、あなたを解放しますから」

サフィアは自分に言い聞かせるようにして、はっきりと宣言したのだった。


その後、もう少し休んでいろと、問答無用で寝かされた。

完全に無断外泊をする形になってしまったが、一夜明けてしまえば、早く帰っても遅く帰っても同じだ。アルシェイドを治療したまま力を失い、逃げたと思われていても仕方がない。そう覚悟しながら、たっぷり一日休ませてもらって午後、サフィアは一度教会に戻ることにした。

（どうせ大神官様は私を手放さない。見張っていないと怖いのだわ）

アルシェイドと情報を交換する中で、ロレンスの考えがよくわかった。彼にとって、自分以外の神環持ちの存在は脅威なのだ。

呪われた腕輪だなんて嘘を信じて、怯えていた自分が馬鹿みたいだ。

開き直ると、なんだか世界が明るくなったような気がする。アルシェイドの瘴気中毒も治せたし、一歩前進だ。清々しい気持ちになりながら、サフィアは軽い足どりで教会へ戻っていく。

（でも、不思議ね）

神環の番の影響なのだろうか。昨日までよりもずっと、アルシェイドの存在が身近に感じられるようになった気がする。

（瘴気中毒が治って、心が穏やかになられたからかしら？）

不思議なもので、ジッと意識を集中させると、彼の居所を感じるのだ。

暗がりの中で凛と立ち、はっきりとした光を放つ道標のような存在がある。

その光は、王都外れの森の方から動かない。おそらく、向こうもサフィアが教会に戻っていることを感じているのかもしれない。

（相手の居場所がわかるって、落ち着かないわね）

ずっと彼がそばに立ってくれているようで心強くもあるけれど、一匹狼のアルシェイドにとっては少し邪魔な感覚かもしれない。

あまり意識しすぎない方が、精神衛生上いいかもしれない。なんだか彼のことを思い出すと、頬に熱が集中するし、表情だって緩んでしまう。

(だめよ、サフィア。私にはやらなければいけないことがあるもの。気を引きしめないと)

パンッと頬を叩き、気持ちを入れ替える。

改めて、早く解消方法を見つけなければと心に誓う。その時だった。

夜の時間まで再び書架に籠もるつもりでいたら、回廊の向こうからずらりと神官たちの集団が歩いてきたのである。

先頭にはロレンス。それから、黒髪の少女だ。

(もしかして、渡り人?)

確かユリという名前だったか。いずれ大聖女として立ってもらうべく、サフィアが召喚した少女だ。儀式のおりはすぐに倒れてしまって、顔まではしっかり確認できなかったが、艶やかな黒髪が印象的だった。

下っ端聖女であるサフィアは回廊の端に寄り、頭を下げる。ロレンスも、普段はサフィアになど目もくれず歩き去ってしまうことが多いが、この日は違うらしい。

頭を下げたままのサフィアの前で、集団が足を止めるのがわかった。

「……随分遅い帰りだったな」

冷たい声だ。

でも大丈夫。言い訳は事前に考えている。

「ようやくかの方の治療に取り組めたのですが、力及ばず、昏睡状態に陥っておりました。もう体調も回復いたしましたが、中毒症状の治療は叶わず。再び接近を試みなければなりません」

「なに？」

ロレンスだ。訝しむような、鋭い声がかけられる。

まあ、予想通りである。従来ならば、聖女たちは即日力を失っているはずだったから。

実際はアルシェイドの瘴気中毒は綺麗さっぱり治療したが、そこは伏せておく。

これまでも彼に拒絶され続け、毎日のように通っていたのだ。引き続き苦戦している旨を伝えておけば問題ないだろう。

ロレンスは考え込むようにそこに立ったままだ。早く解放してほしいが、今度は思いがけない人物から声がかけられた。

「ロレンスぅ、この子ってもしかして、さっき話してた子？」

「ユリ」

甘ったるく間延びした声に、サフィアは目を瞬いた。

やはり隣にいた少女こそ渡り人だったか。召喚の儀の時、耳に届いたのはこの声だった。

「えー!?　じゃあ、今もあたしの腕輪してるの？」

腕輪？とその言葉に引っかかりを覚えるも、すぐに意識を持っていかれる。右手を掴まれたかと思えば、問答無用で手袋を剥ぎ取られたからだ。

あまりのことに、サフィアはガバッと顔を上げる。

（ああ、そう、この顔だ）

気を失う前に、遠目にちらりと見えた異世界の乙女ユリ。年齢は十七、八くらいだろうか。ぱっちりとした目は愛らしく、黒い髪はストレートだ。紅潮した頬に、サクランボのような唇。きゅるんとした小動物のような見た目で、大変愛らしい。

そんな彼女は、聖女のローブをアレンジして着ているようだ。たっぷりフリルを入れた膝丈のワンピースへと変化させており、大きなリボンで飾りつけている。貴族の令嬢が着るドレスのようにふんわりした印象だが、見たことのないデザインだ。

ユリは無邪気にも、サフィアの右手に目を向けて、キラキラと瞳を輝かせた。

「こら、やめなさい！　その腕輪は――」

ロレンスの制止など聞きはしない。

「いいじゃない。これがあたしのモノになるんでしょう？　だったら、確認したいもの！」

ずっと隠せと言われてきた腕輪だ。ロレンスと異世界の渡り人だけならまだしも、ここには他にも神官たちがいる。

「くっ！　お前たち、先に行け」

ロレンスは慌てて人払いをし、こほんと咳払いをする。

「んもぉ、ロレンスったら、そうやって眉間に皺ばかり刻んでると、みんな怖がっちゃうよ？笑って笑って？」

怖いもの知らずなのか、少女はあのロレンスの腕に自身の腕を絡める。そうして頬を擦りつけると、ロレンスは困ったような顔をして、ぐっと唇を引き結ぶ。

「ほらぁ、ね？」

挙げ句の果てに、少女に眉間を揉まれる始末だ。

あまりの事態に、サフィアもぽかんとしてしまった。

（すごい。あの大神官様が押されてる）

やりたい放題というのはこのことを言うのではないだろうか。

一方、ロレンスはロレンスで、強く咎めるつもりはないらしい。

「ユリ、少し落ち着きなさい。あなたはナルクレヒト家の」

「はいはーい、わかっているわよ。あなたの奥さんになれって言ってるんでしょう？　それは闇様が見つからなかったらね、って言っているじゃない？　あたしが好きなのはわかったけど、ちょっと焦りすぎよ」

待て待て待て待て、とサフィアは思う。

いくらなんでも情報量が多すぎる。出会って間もない彼女がロレンスの妻になるというのか。

目を白黒させ、サフィアはユリを二度見した。

(でも確かに大神官様は、ユリ様を召喚できた時、嬉しそうだった)

まさかと思う。

異世界の渡り人と言えば、莫大な光の魔力を持った救世主となり得る存在である。教会でも、初代のみに認められた大聖女という称号を認めるに相応しい者として、この世界に呼び出した。

(まさか大神官様、ユリ様を自分の妻にするために?)

ここまでザッと三秒で考え、目を剥く。そのままガバッとロレンスに視線を向けると、ロレンスは少しだけばつの悪そうな顔をした。しかし、すぐに取り繕うように笑顔で覆い隠してしまう。深入りするなという無言の圧力だ。

闇様、という単語の意味だけはよくわからなかったが、とにかくこれは、ロレンスがユリに求婚し、ユリがそれを保留している、ということでいいのだろうか。

誰にでも厳しいロレンスが、天真爛漫という言葉がピッタリなユリを選んだことに仰天しつつも、まあ、そこは政治的な意味合いが強いのだろう。なんとも言えない気持ちになるが、今は別件だ。サフィアは表情を引きしめ、ユリに向き直る。

「異世界の渡り人様、どうか、私の手袋をお返しいただけないでしょうか」

色々な意味で、光の神環を晒したままにしておくのは落ち着かない。恭しく一礼すると、ユリはパチパチと瞬いた。

「渡り人様だなんて、ユリでいいわよ。それよりも、その腕輪、もっとちゃんと見せて？」

問答無用に右手を引っ張られ、狼狽える。

「だめですっ！　この腕輪は呪われていて」

「呪い？　あ、そっか。そういうことになってたんだっけ」

あろうことか、ユリはきょとんとしたままだ。

このユリという少女は言動が危うすぎる。誰かが聞いていたらどうするつもりなのだ。

「ユリ！」

ロレンスもさすがに焦っているようで、彼女の肩を抱き、引かせようとした。

「あはは、ごめーん！　気を付けるね」

ペロッと舌を出しながらも、全然反省している様子はない。もっと見せろとばかりに、サフィアの手を離そうとしなかった。

「わああ、本当に『ライ渡』のパッケージと同じデザイン！　素敵！」

『ライ渡』？　なに？と思うも、彼女のおしゃべりは止まらない。

「ねえねえ、ロレンス、これ、すぐにあたしのものになるって言ってたわよね？　どういうこと？　早く欲しいんだけどぉ」

「ユリ、それはサフィアが——ええと、呪いを解けば」

ロレンスも諦めたのか、サフィアの手前、新たな嘘を塗り重ねていく。もうバレバレなのだが、そこはサフィアもあえて言及しないでおく。

「ハイハイ、要はあたしが世界で一番、光属性が強い女の子になればいいってことでしょ？　もう。どうして神様も、召喚時にあたしが一番にしてくれてなかったんだろ」

ブスッと口を尖らせるも、なにを思ったのか、すぐに楽しそうに表情を歪める。そのままニイイとこちらの顔を覗き込んできた。

愛らしい顔だ。やはり特別な存在に相応しいと言うべきか。少し幼く見えるが、お人形のように整っている。好奇心に満ちた瞳はキラキラと輝き、楽しくてたまらないとばかりに口角を上げる。

「でも、どのみち一年だもんね」

一年。そう言い切られ、心臓が軋む。

（大神官様、私の余命のことをユリ様に話したの⁉）

いや、ユリは光の神環についても知っている様子だ。おおよそ、すべての情報を共有していると見て間違いない。

驚きでパッとロレンスを見やると、彼はわざとらしくため息をついた。額に手を当てたまま、ヤレヤレと首を横に振っている。

こうして普段から、ユリに振り回されているのかもしれない。召喚して早々は随分上機嫌だったが、今はすっかりこの有様。相当大変だったのだろう。

ロレンスの苦労も忍ばれるが、今はサフィアもそこまで彼に寄り添えない。こちらは、寿命を削ってまで召喚したのだ。せめて、責任を持って彼女の面倒を見てほしい。

「いくらゲームの世界っていっても、モブ聖女さんも大変ね」

そう言ってユリはクスクスと笑っている。

あまりの感性の違いに、サフィアはクラクラした。

サフィアは彼女の言っていることの半分もわからない。ただ、召喚のせいで余命が一年となった人間に投げかける言葉だとは思えない。

召喚したことを憎んでいるのであれば、そんな言葉が出てきてもおかしくないが、彼女の態度から恨みのような感情は見えてこない。むしろ、この世界を楽しんでいる様子である。

「アナタが死ぬまで、その腕輪は貸しておいてあげる。あたしは闇様を探さなきゃいけないし——あ、一応聞くね。アナタ、闇様知らない？」

「闇様、ですか？」

「そう！　闇様！　黒髪赤目のすっごく綺麗で強い男の人で！　あ、名前はわからないんだけど、絶対ただ者じゃないのよね。——うーん、やっぱり時代がズレてるのかな？　まだ闇様、この国にいない？」

「え？　あ？」

怒濤の勢いで詰めかけられ、サフィアはたじろいだ。

黒髪赤目のただ者ではない綺麗な人。そう言われて思い当たる人物は確かにいる。

ロレンスに目を向けると、彼は表情を厳しくし、こちらを睨みつけてくる。

決して言うな。そんな彼の感情が伝わってくるようだ。

しかし、サフィアもサフィアで、アルシェイドの存在をユリに教える気にはならなかった。

「わかりかねます」

はっきりと答えると、ユリはようやくサフィアの手を離し、はあぁと大きくため息をついた。

「そうよね。アナタなんかにわかりっこないかぁ。なんかね、召喚されたのが想定より三十年ほど前っぽいのよね。あたしが知ってるライ渡の世界とちょっと違ってるって言うかぁ。あ！でも！　あたしが闇様さえ見つけたら、三十年後の世界の危機自体が訪れなくなるから！　アナタも協力しなさいよね！」

「はあ」

「あっ、信じてないでしょ？　あたし、これでも予知能力あるんだからね？　闇の神環持ちの闇様は、絶対にこの時代に生きている！　彼の闇堕ちを、あたしが阻止しないといけないんだから！」

使命感に充ち満ちているが、いや、待て、それどころではない。

今、ユリは『闇の神環持ち』と言った。これは確定ではないだろうか。しかし、これもまたロレンスの手前、サフィアは気付かないふりをするしかない。

ただただ圧倒され、狼狽えているものの、ユリはますます調子に乗ってきたようだ。

「それで、あたしは闇様と結ばれて、未来永劫幸せになるってわけ！　あー！　名前もわからない永遠の推しのことを知る機会ができるなんて夢みたい！　他の夢女子たちが泣くわね、ふふっ」

もはやぽかんと口を開けたまま見守っていると、さすがに放っておけなくなったのか、ロレンスがストップをかける。

「ユリ、もういいでしょう。行きますよ」

「あら、ロレンス。嫉妬？　大丈夫、アナタのことも大好きよ」

闇様は特別なだけ、と都合のいいことを言いながら、ユリはロレンスの腕にしがみつく。

ギュウギュウと引っ張ると、ようやくロレンスの機嫌も直ったのか、ほんのわずかに眉間の皺が薄くなる。ロレンスが心得たとばかりに少し屈むと、ユリはところ構わず彼の頬にキスをしたのだった。

絶句してしまった。

なんというか、すごい。彼女の世界では、これが普通なのだろうか。

ふたりが婚約しているのかどうかすら、サフィアにはわからないのだが、それでも婚姻前の男女が、しかもあのロレンスが、人目を気にせずこのような行為を許すなど。

「こほん。とにかく、お前はかの方の瘴気中毒の治療に専念するように」

ロレンスはユリから手袋を取り上げ、パッとこちらに手渡す。サフィアはそれをはめながらこくこく頷くと、ロレンスははあと息を吐いた。

「さあ、ユリ、まもなく晩餐ですから。準備をしましょう」

「はぁい。じゃあね、モブ聖女さん」

ご機嫌な様子で手を振りながら、ふたりは回廊の向こうへ去っていく。

勢いにすっかり圧倒されてしまったが、ある種、ユリのおかげでロレンスとあまり会話をせずに済んだかもしれない。

（殿下の瘴気中毒が治ったことは、ますます知られちゃいけないわね）

サフィアが彼の神環の番になっているなどもっての外だ。あの様子だと、どんな癇癪が飛び出してくるか予想すらつかない。

（彼女が、大聖女様になるのよね？）

今のサフィアは、敬虔な聖ファアリエナ教の信者とは言いがたくなってきている。けれども、いつか自分たち聖女のトップに彼女が立つと思うと、少なからずクラクラしそうだ。

（私、とんでもない人を召喚してしまったのかもしれないわ）

なんて思うも、もう知らない。

今、サフィアの意識は別のところにあるのだから。

第三章　彼がくれた穏やかな日々は

そうしてサフィアの新しい生活が始まった——のだが。

「あの、殿下？　なにもそんな場所で読書をされなくても」

アルシェイドの屋敷に通い始めて一週間、さすがに気にならないはずがない。

サフィアが食事の準備をする間、アルシェイドも厨房の片隅で書物を読みあさるのが恒例になっていた。

どれも神環や神話に関する古書のようで、早速城の図書館から裏で貸し出してもらっているようだ。一部の人間には瘴気中毒が治ったことを共有しているようで、すぐに根回しできるあたりさすがのひと言だが、どうにも落ち着かない。

アルシェイドは、ジトッとした目でこちらを見つめてくる。

「あなたが変なものを入れていないか確認しているだけだ」

いや、今までだって持ち込んでいだ料理をしっかり食べていたのではないのか、という突っ込みは横に置いておく。

（色々仰ってるけど、毒が入れられないか、本気で疑っているわけでもなさそうなのよね）

アルシェイドの行動の意味を、サフィアはいまだに理由づけできずにいた。

料理の際だけではない。彼はなにかと、サフィアを視界に入れたがる。

ずっとひとりで生活していたせいで人の気配に慣れていないのか。それとも神環の番になった弊害なのか、常にサフィアのことを気にかけてくれているのだ。

（――どちらかといえば、倒れちゃわないか不安に思われてるって感じかも）

彼の瘴気を祓った際、その場で意識を失った。それがよほど堪えているのか、彼はサフィアをとてもか弱い生き物だと認識しているらしい。

一応、番を解消するまでの契約関係みたいなものなのだが、完全に彼の庇護下に入っている気がする。

（こう見えて、丈夫な方なんだけどな）

でも、ちっとも嫌な気持ちにはならない。言葉は全然素直ではないけれども、彼なりにサフィアを気遣ってくれているのがわかるからだ。

サフィアも、屋敷での生活に毎日少しずつ馴染んできている。昼間はアルシェイドの屋敷に通って彼の世話係を勤め、夜は教会に戻って書物を読みあさる日々だ。

大教会はさすが歴史があるだけあり、書架の本の量も並ではない。古代語で書かれた古い文献にこそ、求めている情報があるのではと、地道に解読を続けていた。人の少ない朝日が昇る前に教会を出て、朝食の時間には屋敷に戻る。

やるべきことは多いけれど、新しい生活はとても穏やかに感じられた。

アルシェイドの屋敷の中はまあ悲惨のひと言で、とんでもなく荒れているけれども、だ。現在進行形で片づけ切れていなくて、食事を用意する時間以外はほとんどが屋敷の中の掃除をしている。

彼の部屋以外は、壁紙が剥がれるくらいならかわいいもの。家具や調度品がボロボロに破壊されて床に転がり、埃が溜まったまま放置されている有り様だった。

彼の瘴気中毒による破壊衝動がどれだけひどかったのか、ひと目見て理解できた。

サフィアが初めて屋敷内を確認した際、アルシェイドはとても気まずそうな表情をしていたけれど、別に恥ずかしくもなんともないと思う。むしろ、彼がどれだけのものに耐えてきたのかと考えると、胸が苦しくなるばかりだ。

（今までだって、私が大神官様の言いなりになるだけでなくて、自発的に動いていたら、もっと早く助けて差し上げられたかもしれないのに）

なにも考えず、教会の駒になっていたかつての自分が恥ずかしい。

彼の瘴気中毒については噂を聞いていた。少しでもその存在を気にかけていたら、個人的に彼に会いに来る選択肢だってあったのだ。

でも、後悔してももう遅い。今まで苦労した分、彼には少しでも快適に暮らしてほしい。

だからサフィアは、毎日一生懸命に屋敷の中を整えていった。

それなりに広い屋敷だ。まだまだ瓦礫を片づけるだけで精一杯だけれど、綺麗になっていくのは嬉しかったし、アルシェイド自ら、調べ物の合間に手伝ってくれた。

本当は人を雇うべきだけれど、今はまだ、表向きには瘴気中毒が治った事実を隠しておきたいとのこと。だからあえて、今まで通りの生活をしているわけだ。

とはいえ、アルシェイドは少なからずサフィアに雑用をさせていることを心苦しく思っているらしい。つっけんどんな言葉を投げかけながらも、こちらを気にしてくれている。

「食材に不足はないか？　調理器具は？」

書物に集中していたかと思えば、たびたび話しかけてくる。視線が忙しく書物とサフィアの手元に行き来して、彼の方も落ち着きがないと言うべきか。

少なくとも、毒を入れるかどうか疑っている相手に対する態度ではない。

「大丈夫ですよ。思った以上にたくさんの食材をご用意いただけて、いつも助かっています」

そうなのだ。実はわざわざサフィアが料理を届けずとも、生きていく環境は整えられていた。家族と完全に連絡を絶っているわけではなく、彼の兄、すなわち王太子が裏で援助をしてくれているようだった。

どうも物資の引き渡し場所があるらしく、たまにアルシェイドがそこから食糧品を回収してくる。ただ、基本的には素材のままなので、アルシェイド側で調理の必要性がある。

（殿下ってば、きっと自分でお料理できると仰ったのね）

素直じゃない性格はもうわかってきている。彼のことだから、なんだかんだと意地を張っていそうだ。

「それにしても、これまで届けられた料理が、あなたの手作りだったとはな」

サフィアだって、別に凝った料理を作れるわけではない。教会での食事を食いっぱぐれた時に厨房で簡単に調理するか、野営先で作るくらいだった。

それでも彼は感心したように、しばしば同じ言葉を繰り返す。今も、本をパタンと閉じて、サフィアのすぐ隣に歩いてきた。

「てっきり、誰かに作らせていたのかと」

「ふふ、代わりに作ってくれる人なんていませんから」

サフィアは下っ端聖女だ。誰かに命令できる立場でもなく、自分のことは全部自分でするしかない。

「ここは食材も豊富ですし、色々作れて楽しいです」

「そういうものか」

「教会ですと、なかなか手に入らないですから」

「しかし、あなたの料理はいつも手が込んでいて――失礼だが、今までどこで食材を調達していた？」

「あ。ええと」

それを突っ込まれると、少々返答に困る。

いくら使用人を全員追い出していたといえど、アルシェイドはこの国の第二王子だ。下手なものなど食べさせられない。だから、彼への食料はサフィアが少々奮発して用意していたのだ。もちろん、サフィアの少ない給金からである。

これから冬になるから、持ち出しが多い。そのために貯めておいたなけなしの給金から賄っていたわけだが、それを知られるのは憚られる。

サフィアはしらーっと目を逸らすと、アルシェイドの眼光が厳しくなった。

「どうした？」

ちょっとした仕草から、真実を見透かされたのだろう。彼の声が、いつもより低い気がする。

そっと調理台に手を置いて、サフィアの表情を覗き込んでくる。据えた目で見つめられると、正直者のサフィアには逃げる手立てがない。

「た、単に、私の給金から賄っていただけ、ですが」

「だけ？　随分と無理をさせていたのでは？」

「ううっ」

バレてしまった。

まあ、仕方がないだろう。聖女のローブの中でも、サフィアが纏っているものは年季が入ってボロボロだし、貧しい暮らしであることはお見通しなはず。

そんなサフィアが、成人男性かつ最上級貴族の口に少しでも合うものを用意したのだ。野菜もお肉も、自分が買うなら絶対に選ばないそれなりに質のいいものを調達した。

ただ、さすがにそこまで吐露できずにいると、アルシェイドは大きくため息をついた。

「すまない。あなたを追い詰めるつもりはなかったのだが。教会があなたの実力に見合った扱いをしているように思えないから」

そう言い切られ、サフィアはたじろいだ。

「あなたは少し、搾取されすぎていないか？」

図星だ。なんだかいたずらが見つかった子供のような気持ちになって、胸がしくりと痛む。

「……自覚は、あります」

というより、この屋敷に通うようになってから余計に、その事実を実感するようになった。

もじもじしながら手元を擦り合わせると、アルシェイドはジッとサフィアの指先を見つめてきた。かと思えば、濡れた食材を持っていた冷えた手をパシッと掴まれる。

「……ひどいな」

指先のあかぎれを目にして、彼がくしゃりと眉根を寄せる。

口惜しそうな顔だ。どうして、彼の方がこんなにも苦しそうな表情をしているのだろう。

歯がゆさを滲ませながら、彼がそっとサフィアの指をなぞっていく。その指先が妙に色っぽく感じて、サフィアはごくりと息を呑んだ。

「っ、聖女の治療魔法は、自分自身にはかけられませんから」

パッと彼から手を離し、苦し紛れに言い訳をする。

人の治療はできても、なぜか自分には効かない。だから聖女は、こうした小さな怪我や病気は、聖女同士で治療する。

けれども下っ端のくせにロレンス付きというサフィアの立場は浮いていて、小さな怪我を治してくれる友人聖女などいないのだ。下っ端は仕事が多く、魔力も常にギリギリであることが多い。仕事以外に魔力の無駄遣いができない者が多いから余計に。

見られるのが気恥ずかしくて手を引っ込めると、アルシェイドの表情が険しくなった。

(お友達がいないのも、バレちゃった)

アルシェイドは引きこもりではあるが、ここ数日、方々に手紙などを出していて交友関係もそれなりに多そうだ。だから、つい彼自身とも比較してしまう。

唇を噛みしめて一歩引いたが、彼はサフィアをジッと見つめたまま。

やがて大きく息を吐き、両手の手袋をおもむろに脱ぎ始めた。さらに、サフィアが立っていた場所にズイッと割り込む。

「代わろう」

「え?」

あまりに唐突な言葉にぽかんと口を開けると、アルシェイドはサフィアの代わりにナイフを手にする。さらにサフィアがカットした野菜を見ながら、同じサイズに切りそろえていった。

それ以上、サフィアの暮らしを追及するつもりはないようだ。彼の視線は手元に注がれていて、黙々と手を動かすばかりだ。

「これが終われば薬を渡す。女性の手だ。あまり放置しておくな」

「え、と……」

女性の手。そう言われてドキッとした。

そんな言い方をされたのは初めてだ。サフィアは眦に熱が集中するのを察知して、肩を震わせる。

「慣れてますから、お気遣いなく」

「そういうわけにはいかない。人のことは言えないが、あなたはもう少し、自分を労ることを覚えた方がいい」

アルシェイドは少しだけ声を強張らせた。

思うところは色々あるようだが、サフィアを心配してくれているがゆえの言葉だと理解する。

自分を労れというのも、初めて言われた。なにげないひと言が、妙にサフィアの心を擽(くすぐ)る。

トントントントン、と、彼の手がリズミカルに野菜を刻んでいく。それをサフィアは、どこか眩しい目で見つめていた。

以前もらったパン粥はあの仕上がりだったが、切るだけなら熟練の域だ。

元々が一流の戦士だけあって、刃物の扱いはお手の物のようだ。淀みない手つきは見ていて安心できるし、その音が心地いい。

こんなないにげない作業を代わってもらえる事実に、ふわふわとした感覚を覚える。

自分の役目を誰かに託したことなどない。頼れる人なんて、今までたったひとりもいなかった。なのに、この家にやってきてから一週間、サフィアははっきりとアルシェイドに寄りかかりつつある自分を自覚していた。

彼と過ごす時間が心地いい。こうして、なにげない会話の中でも、アルシェイドはサフィアのことを尊重してくれているのがわかるから。

それは神環の番の関係性とは切り離した、いち個人としての交流だ。第二王子という身分の彼が、随分と砕けた対応をしてくれる。それが面映ゆく、胸の奥が疼くような感覚がある。

が、ふと、目の前でアルシェイドの手が止まった。

どうしたのだろう?と彼の手元を覗き込むと、一種類目の野菜を切り終えて、次の緑の野菜を手に取ったまま固まっている。

(ああ、切った見本が必要よね)

横から代わろうとするも、アルシェイドはその野菜を持ったまま離さない。

「…………これは、必ず入れないといけないものか?」

「え?」

ぼそっと呟く彼の声が低い。口をギュウーッと引き結び、仏頂面で固まったままだ。

その緑の野菜はパムトと言って、生のままでは苦みが強く、煮込むと多少和らぐも、独特の風味のある野菜だ。色んな食材と混ぜると味わい深さが出てサフィアは好きなのだが、一般的に好き嫌いが分かれるところもある。

「もしかして、お嫌いですか？」

「……そういうわけではない、が」

アルシェイドがふいっと視線を逸らした。が、その手は雄弁で、パムトだけを材料の中からそっと押しのけている。

「ただ、積極的に摂取する必要性を感じないだけで」

嫌いなんだ、とすぐに察知し、サフィアは苦笑する。

（完璧超人みたいなイメージもあるけれど、ふふっ。なんだかかわいい）

細々としたところで不機嫌になったり、でも、それを隠そうと本人は奮闘していたり、とても人間らしい一面が見えて愛らしく思えてくる。

サフィアはクスクスと微笑みながら、彼が押しのけたパムトを回収する。

「大丈夫ですよ。風味づけは、別の食材でしましょう？」

「……あなたがそう言うなら」

なんて、気恥ずかしそうに言うところも愛嬌がある。

（アルシェイド殿下はパムトが苦手）

日頃の反応も見ていても、案外好き嫌いは多そうだ。これまで、なんでも腹に入ればいい生活から一転、サフィアが食事を作るようになって、甘えるような言動も増えてきた。

たった一週間の変化だけれど、それがとても心地よかった。

この生活が続いていくかと思えば、少なからず心躍る自分がいる。

(――なんて。一刻も早く、神環の番を解消しなければいけないのだけれど)

そうしたら自由だ。サフィアだけでなく、アルシェイドも。

また使用人を雇って、王子様らしい優雅な生活を送れる日もやってくるだろう。

彼が報われる日を夢見ながら、サフィアの新しい生活は幕を開けた。


さらに日々は過ぎていく。

教会とアルシェイドの屋敷を行き来して、一カ月半。すっかり霜が降りる季節になって、屋敷に通うのも大変になったが、サフィアは充実した毎日を過ごしていた。

ロレンスになにか怪しまれることもないし、順調と言っていいかもしれない。

(っていうより、大神官様、ユリ様に振り回されすぎてない?)

他の聖女や神官たちとあまり交流のないサフィアの耳にさえ、彼女の噂が届いてくる。

光の魔力値はサフィアにこそ敵わないものの、他の聖女と比べると一線を画している。

そもそも、サフィアの魔力が非常に大きいこと自体、教会では伏せられた事実だ。だから、ユリの光の魔力は実質教会で一番ということになっていた。

彼女の才能に、皆が称賛の声をあげているのだ。一方で、異世界で育っているせいか、突拍子のない行動を取ることもあるのだとか。

（でも、ユリ様は、まだお仕事には出ていらっしゃらないと聞くわ）

勉強と称してロレンスに貼りついている他、『闇様』をはじめとした各属性の神環持ちを捜し回っているようだった。

なぜかこの世界の事情を熟知していることもあり、すっかり一目置かれている。

何名か神環に関わる人物を名指しで指名しているらしいし、将来の神環持ちになる存在まで予言するなど、不思議な未来視を持つのだという。

破天荒な言動も多いが、ユリは確実に教会内で存在感を増していた。

そうやって彼女が話題をかっ攫っていってくれているからこそ、サフィアの影も薄くなるというわけだ。

とはいえ、ユリをはじめとした上層部が浮き足立っているせいで、その皺寄せが下位の聖女たちに行っているとも聞いているが。

サフィアが抜けた穴は大きい。それを埋めるために手立てを打つわけでもなく、強引に下っ端聖女たちに仕事を振り分けているだけなのだとか。

正直、力の弱い聖女の手に余る案件もありそうだが、大丈夫だろうか。

聖女は稀少な存在ではあるが、同じ聖女でも、上位貴族出身の者とそうでない者では待遇が全然違う。その中でもサフィアは下位の下位で、いつもひとり走り回っていたのだ。

(でも、改めて考えてみたら、私って本当に不思議な環境にいたのね)

行動のすべてをロレンスに管理され、限界まで酷使され続けた。

自分の置かれていた状況を客観視できるようになったのも、アルシェイドのおかげだ。

『あなたは少し、搾取されすぎていないか?』

かつて彼がくれた言葉は、サフィアの胸によく響いた。

サフィアはあまり隠しごとが得意ではない。ギリギリになるまで酷使されていたことなどすっかりお見通しで、小さなことに気が付くたび、指摘されるのである。

その都度、サフィアは今までの自分を振り返る。そして、これからの未来についても。

教会を出て自由になる。そんなサフィアの夢が、彼の言葉でより鮮明に根付きつつあった。

(つまり、この生活ともサヨナラするってことなんだけど)

ちょっとした寂しさも一緒に抱えながらも、サフィアは日々を進んでいけるようになった。


「サフィア」

それはある日の昼下がりのことだった。

昼食の片づけを終え、外に出ようとしたところ、声をかけられる。

　この日も彼は、シャツとベストの上から、黒いコートをだらんとかけてこちらに歩いてくる。所作が整っているせいか、多少着崩れていても様になるのが実にずるい。

「いい加減、給金を受け取ってくれないか」

「そういうわけにはまいりません」

　アルシェイドが教会の搾取に気付いて以降、すでに何度も繰り返された会話である。

　彼の気持ちは嬉しいが、サフィアは教会所属の聖女だ。彼の示す額の給金をもらったとして、怪しまれるのがオチである。

（貯めたところで、使う機会はないでしょうし）

　ならばその分、彼自身に使ってもらった方が有意義だ。

「居場所をくださるだけで、十分ですから」

　少なくとも、ここにいれば理不尽に搾取されない。それどころか、三食十分に食べられるし、暖かい場所で過ごせる。

　家事をして余った時間はアルシェイドが用意してくれた王城に所蔵してある文献を読み解いているわけだが、正直なかなか楽しかった。

「それに、この屋敷で私ができることって少ないですもの」

　彼の瘴気中毒は治ってしまった。だからあとは、せいぜい家事と調べ物しかできない。

　アルシェイドの方は世界各地に散らばる異種族の仲間たちに手紙を書いたり、姿を隠して方々へ出かけて情報を引き出してくれたりしているが、サフィアにはそんな芸当ができない。

まさに適材適所。サフィアにできることを精一杯したいだけだ。

「夜は教会でも動いてくれているだろう。せめて昼間、休める時に休んでくれ」

最初はもっと厳しい人かと思っていたが、アルシェイドは殊の外サフィアに甘い。というよりも、相変わらず過保護すぎるようなきらいもある。

「ありがとうございます。後でちゃんとお休みをいただきますね」

「あ、おい！」

ここで掴まると、案外長いのだ。押し問答していても仕方がないので、サッと玄関口に向かっていく。

サフィアがどこに向かうか察したのだろう、アルシェイドは困ったように頭をかき、「少し待て！」と、いったん屋敷の奥へ消えてゆく。

「外に出るなら、せめてこれを」

「え？」

バタバタと戻ってきたかと思えば、バサリと肩になにかをかけられる。

ふんわりとした感触。どうやら、厚手のケープらしい。柔らかな藤紫色のケープは、もこもこのファーまでついていてとても愛らしい。

白以外の衣装を身に着けること自体が新鮮で、サフィアはパチパチと瞬く。

「外仕事をするつもりなのだろう？　あなたの服装は、寒そうで見ていられない」

「あ……」

「ほら、これも」

さらに、ケープとお揃いの厚手の手袋まで渡された。

かつて、なけなしの給金を彼の食材費に充てていたことを、いまだに気にしているようだ。

その補填として、アルシェイドはサフィアにものを与えたがるけれど、まさか防寒具とは。

しかも、サフィアが気にすることを理解してくれているからか、手袋はちゃんと手首の神環まで隠れるデザインだ。

（こんなに厚手で、素材もいいわ。きっと高かったでしょうに）

一応、魔法である程度の冷気は凌げるが、寒いものは寒い。この季節、外掃除をするのもひと苦労で、かじかむ手を擦り合わせて作業しているのまでバレていたようだ。

ただ、作業着にしては少々高級すぎる。困惑して彼の顔を見上げると、アルシェイドは気難しげな顔をしながら、ぽつりぽつりと主張を始める。

「こんな森の中なんだ。外など別に放置してくれても構わないのだが、あなたは勝手に働くだろう？」

「うふふ」

とうとう、言っても聞かないレッテルを貼られてしまい、吹きだした。この一カ月半、彼も彼で、頑ななサフィアの態度に痺れを切らしたらしい。

「ありがとうございます。でもいただけません。だって、教会に持って帰ったら」

万が一、それがアルシェイドからのプレゼントだとバレたら大変なことになる。

「別に、持って帰る必要はないじゃないか。——いや、本音を言えば、ここに来る時ももう少しなんとかしてほしいが」

チクッと釘を刺され、サフィアは苦笑いを浮かべた。

移動時間の早朝と夕方こそ、外は冷える。心配してくれているのは嬉しいが、それぱかりはどうしようもない。

「ふふ、殿下、ありがとうございます。では、お借りしますね」

「いや、貸しているわけではなく」

「外仕事に行ってきます！」

このままでは埒があかない。だからサフィアは、彼にくるりと背を向けて外に飛び出してしまった。

「あ、おい！」と呼び止めるアルシェイドの声が聞こえるが、今、足を止めるわけにはいかない。なにせ今、サフィアの顔は真っ赤なのだから。

（殿下からの、プレゼント）

すました顔でやり過ごしたけれど、内心はドキドキだった。

ふんわりとした生地は軽く、暖かい。心までぽかぽかしてきて、どうにも落ち着かない。

（他意はないのよ。他意は）

屋敷に通うようになってから、サフィアの生活は一変した。

アルシェイドはもともと口数が少ないし、口を開いたら開いたで小言も多い。

しかし、ロレンスと違って、サフィアを気にかけてくれているからこその言葉をくれるのだ。

それがとても擽ったい。

彼との生活は思った以上に穏やかで、心地いい。正直、いつまでもこの家に通ってのんびり過ごしていたい。

サフィアは書物を眺めているアルシェイドの横顔がいっとう好きで、そんな彼のそばにいたいと、淡い気持ちを抱きはじめている。

この命はあと一年。いや、まもなくあと九カ月というところか。

無事に番関係を解消できたら、本当の意味でもサヨナラになる。

（最期に、素敵な思い出をいただいちゃうわね）

この温もりを、サフィアは忘れることはないだろう。

彼の前を立ち去るときは、思い出にこのケープをもらっていってもいいのだろうか。

（ふふ、あったかい）

ケープを口元に当て、にやける顔を覆い隠す。こんな顔、とてもではないがアルシェイドには見せられない。

掃除をするつもりだったが、予定変更だ。もう少し体を動かしたい気分になった。

（先に荷物を取りに行っちゃおう）

パタパタと弾む足どりで、森の外に向かって移動していく。

冬を迎えたこの季節、森の空気は澄んでいる。サフィアは白い息を吐きながら、屋敷からどんどん離れていった。

この先にアルシェイドへの荷物が届く場所がある。最近、とうとうその受け渡し場所を教えてもらって、サフィアが取りに行くことも増えた。

すっかりアルシェイドに信頼してもらえている気がする。ちょっとしたことが、とても嬉しく、誇らしい。彼の変化がサフィアにもたらすものは大きい。

ずっと教会で搾取されてきて、親しい人など作れなかった。どれだけ頑張っても誰にも褒めてもらえず、日々、忙しさにかまけて考えないようにしていたけれど、ここでは違う。

アルシェイドは本当にサフィアが欲しいものばかりくれるのだ。信頼だったり、気遣いだったり、褒める言葉だったり。そのどれもが、サフィアの心を擽っていく。

弾む足どりで、サフィアはいよいよ目的の場所に辿り着く。

引き渡し場所は、屋敷から少し離れた森の中にあった。認識阻害魔法をかけられた専用ボックスが存在するのだ。

魔法によって、その箱は外の人間や森の動物たちには知覚されない。一部の人間のみが開けられる仕掛けが施されており、日々の食材や生活用の雑貨が届けられる特殊な魔道具というわけだ。

（うん、ここだったわよね）

アルシェイドに教わった解呪の呪文をかけると、大きな木の下に件の箱は現れた。

（相変わらずすごい精度の魔道具ね）

風属性の特殊魔法がかけられているのだろう。ここまで高度な魔道具を扱えるのは、国でも数えるほどではないだろうか。

こうやって人脈の豊富さを感じさせられると、やはりアルシェイドは王家の人間で、英雄だと実感する。

いや、普段も言葉遣いこそぶっきらぼうなところはあるが、所作は綺麗だし目端も利く。まごうことなき王子様ではあるのだ。

（そんな人と、毎日一緒に過ごしているのよね）

しかも、神環の番だなんて特別な関係になってまで。もちろんそれは、表面上の関係でしかないけれど。

どこか落ち着かない気持ちを抱きながら箱を開けたその時だった。

周囲の気配が大きく揺れた。

音はなかった。ただ、魔力の波動を感じてサフィアは身を翻す。

ザンザンザンザンッ！と、いくつものナイフが飛んできた。結界を張ることすら間に合わず、すんでのところで避けたものの、一本のナイフがケープの端をかすめる。

「……っ！」

サフィアの表情が一変した。

アルシェイドにプレゼントしてもらったばかりのケープが傷ついてしまった。少なからずそれに気を取られ、反応が遅れた。

気が付いた時には羽交い締めにされていて、首元にナイフを突きつけられている。ひんやりした感触に、ビクッと身震いした。

「テメエ、誰だ。なんでこれの存在を知っている」

これ、というのは魔道具の箱のことだろう。

「教会の奴らはまだアルにつきまとってンのか？」

ケープを纏っていても、足元に見えるローブで聖女だとバレているらしい。厳しい口調で問い詰められ、サフィアは息を呑む。

いったい誰だ。振り向きたいけれど、首元のナイフがそれを許さない。

アルシェイドをアルと呼ぶということは、彼と親しい人物なのだろうか。

サフィアだってそれなりの聖女だ。魔物との戦闘経験も豊富で、場馴れしているつもりだ。

なのに、接近されるまでちっとも気付かなかった。この森の中、音も出さずに接近するなど、並大抵の実力ではない。

「死にたくなけりゃすぐに帰れ。でもって、二度と聖女を寄越すなと上に言うことだな。教会の狗が」

と、そこまで彼が言ったところで、遠くから声が聞こえた。

「待て！　ゼノ！」

アルシェイドだ。魔力の揺れを感知して駆けつけてくれたのだろう。

「彼女から手を離せ！」

瞬く間にこちらにたどり着き、ガバッと体を引き剥がされた。かと思えば、襲いかかってきた人物から隠すかのようにギュッと抱きしめられる。

あまりに力強い腕。サフィアは息をするのも忘れて、目を見開いた。

「大丈夫か!?」

ナイフを突きつけられていたことも、アルシェイドにはバッチリ見えていたのだろう。サフィアの顎を取り、頬に手を滑らせる。心配でたまらないとでも言うかのようにルビーレッドの瞳を揺らし、入念にサフィアの肌を確認していく。

「あ、あの……」

戸惑い声をあげるも、アルシェイドは苦しげな表情をしたままだ。

最後に首元をそっと撫で、傷ひとつないことを確認してようやく、彼はホッと息をついた。

大丈夫かと問われれば、まあ、大丈夫だ。ある一点を除いては。

落胆してしまうのを隠すことができず、サフィアは表情を曇らせる。

サフィアは痛いくらいに唇を噛みしめた。

たった一瞬の出来事だ。でも、ほんの少しでも油断した自分が不甲斐ない。

気が付いたら俯いており、前髪で目元が隠れる。そうして、もらったばかりのケープにそっと触れる。

「サフィア？」

なにがあったと、アルシェイドが顔を覗き込んできた。ルビーレッドの瞳に真っ直ぐ射竦められ、いよいよ黙っていることなどできなくなる。

「私が避けきれなくて、いただいたばかりのケープが」

目を向けると、思った以上に大きな傷になっていた。無残にファー部分が欠けており、繕ったところで元には戻らないだろう。せっかくアルシェイドにプレゼントしてもらったのに、こんなに早くだめにしてしまうだなんて。

嬉しかった気持ちが萎んでいく。瞳を揺らし、ほつれた箇所を撫でていくと、頭上から盛大なため息が落ちてきた。

「はあああ、そんなことか」

かと思えば、頭ごとぐいっと抱きしめられる。そのまま胸元にギュウギュウに押しつけられ、ぐしゃぐしゃと頭を撫でられた。

「気にするな。あなたに怪我がなかったんだ。それでいい」

「でも」

「そんなものいくらでも買ってやる。大丈夫だから」

そう言って、今度はポンポンと背中を叩かれた。

（って、あれ？）

ケープのことで頭がいっぱいで意識できていなかったけれど、今さらながら、とんでもない事態になっていることに気が付いた。たちまち、頭の中が真っ白になる。

（ち、近い……っ）

純粋に心配してくれているのはわかる。けれども、この距離感はなんだ。

（そういえば、さっき、頬に……！）

触れられていなかっただろうか。

男性に免疫など全然ないから、この近さは心臓に悪い。ドキドキと暴れる胸の鼓動を聞かれるのではないかと気が気ではない。

「あのっ、殿下」

お願いだから、ちょっと離れてほしい。

そんな言葉を言いたいのに、声にならない。オロオロしてしまうも、驚いているのはサフィアの後ろに立った人物も同じらしい。

「え？　なに？　そういう関係？　お前いつの間に恋人なんて作ったんだ？」

想像だにしなかった単語を投げかけられ、サフィアは飛び上がった。反射的にアルシェイドを突き放し、ババババッと離れる。

「恋人!?　とんでもない！　わ、私は、そんなんじゃ……」

振り返りつつ、大きく手を横に振りながら否定する。そうしてようやく、サフィアを襲った人物と目が合った。

（え？　獣人？）

この国の王都で見かけるのは非常に珍しい。三角耳とふさふさの尻尾が印象的な犬、いや、おそらく狼の獣人だった。

明るい茶色の髪は少しくせっ毛で、ライムグリーンの瞳が印象的だ。

肩と胸元だけを守る簡易の魔獣のアーマーに、焦げ茶のパンツ。防寒具として毛皮を軽く巻き、内側には淡いグリーンのシャツが見えている。非常に動きやすそうな、おそらく冒険者と思われる装備だ。

年齢はアルシェイドと同じくらいだろうか。獣人は寿命が長い種族もあり、大人になれば見た目の成長がピタッと止まるとも聞いているから正確にはわからないが。

「恋人じゃないの？　マジで？　え、アルにそんな顔させといて？」

先ほどまでビシビシと殺気を向けてきた人物とは思えない。きょとんと愛嬌のある表情を見せながら、サフィアとアルシェイドを交互で指差している。

「ゼノ」

「あ。あーっ、これはどーも失礼しました。余計なお世話ってか？　ハイハイ」

「彼女とは……そういうのではない」

「ふうん？　まあ、お前がそう言うなら、そういうことにしておいてやるけどさ。へぇ？」

すごい。あのアルシェイドに対して、完全にタメ口である。すべて理解しましたよとばかりにニマニマ笑いながら、ゼノと呼ばれた人物はサフィアに向き直る。

「さっきはごめんな、お嬢さん。コイツ、敵が多いからさ。オレも警戒しちゃって」

「いえ」

サフィアはふるふると首を横に振る。ゼノも安心したのか表情を緩め、恭しく一礼をした。

「オレはゼノ・ナッジ。一応、風の神環の持ち主ってことで」

そう言いながら、ゼノは右腕をかざす。確かにそこには、彼の瞳の色によく似た、淡い緑の腕輪がはめられていた。

「でもって、コイツが前線に立っていた時のパーティーメンバーっつったら伝わるかな？」

「あの英雄パーティーの？」

「あー、英雄ってのは照れンだわ。こちとら興味本位で参戦しただけの、しがない盗賊（シーフ）だし」

ゼノは頬を染めながら軽く手を横に振る。しかし、尻尾の方が雄弁で、パタパタと動き回っていて、満更でもなさそうだ。

「でも、ナッジ様といえば、ノーサスタの」

「知ってくれてる？　いやあ、光栄だねぇ」

もちろん知っている。ライファミル王国の西隣、獣人大国でもあるノーサスタの一大領主家ではなかったか。

ノーサスタは貴族制度がなく、それぞれの領地を束ねる部族がある。そのうち、北の大森林の長とも言われているのがナッジ家だ。

「まあ、一大領主家っていっても、盗賊一家なんだけど」

「盗賊というのは、あくまで冒険者区分のひとつだと認識しております」

「へぇ、嬉しいこと言ってくれるね。そう。オレ、これでも誇りを持って盗賊やってんだ」

冒険者にはいくつか職種があり、そのうちのひとつが盗賊だ。斥候として身を潜めて周囲の状況をうかがったり、罠を仕掛けて魔物を足止めしたりと、パーティーにひとり、なくてはならない重要な役割を担っている。

盗賊という名称のせいで誤解されがちだが、冒険者と協力して任務を遂行することが多かったサフィアは、彼らによく助けられていた。

「私はサフィア・リアノーラと申します。教会所属の聖女ですが、今は訳あって殿下の屋敷に通っています」

そう言って、アルシェイドと目を合わせた。彼がはっきりと頷いているあたり、信頼できる人物なのだろう。

「一応、光の神環を持っているらしく」

そうして、右手の手袋を外し、しっかりと輝く神環を見せる。

「あー、なるほどね。そういうわけか」

それだけで、ゼノは色んなことを察したらしい。興味深そうに、こちらの顔をジロジロと見つめてくる。どこか落ち着かない気持ちで、サフィアは言葉を探した。

「ナイフが飛んでくるまで、全然気付きませんでした。ナッジ様、素晴らしい腕前をお持ちですね」

「わっ！　褒めてくれてる！　なんていい子なんだ！」

感極まったとばかりに、ギュッと手を握られる。

「サフィアね。オレのことはゼノでいいよ。ナッジ家の人間だって知られたら面倒なことも多くてさ」

「わかりました、ゼノ様」

「様もいらないのに」

「そういうわけには——あ」

そうふくれっ面をするゼノの顔を見つめ、違和感を覚えた。

ライムグリーンに輝く爽やかな瞳。その奥に、どこか澱んだ色彩が見える気がする。

「ん？　どしたの？　オレの顔、ジッと見て。オレに惚れた？」

「いえ、そうじゃなくて」

無意識に否定すると、ゼノはなんとも言えない顔をしていた。けれどもサフィアは今、それどころではない。

「少し失礼しますね、ゼノ様」

意識を集中して、彼の頬に触れる。ゼノもアルシェイドも呆けたように目を見開いているが、今のサフィアは彼らの反応なんて見ている余裕などなかった。

手の平に光の魔力を集中させる。

ゼノの中に蔓延る澱み。——そう、はっきりとそこに、眠った瘴気がある。

瞳に魔力を集中させるとそれが可視化され、ゼノの周囲にうっすらとした黒い靄のようなものが漂って見えた。

アルシェイドが抱えていたものと同様のものだ。量は格段に少ないが、ゼノも瘴気中毒に冒されていたのだろう。

（ゼノ様も、瘴気竜の血を浴びていたのね）

一緒に戦っていたなら、当然かもしれない。

アルシェイドほどではなくても、今日まで瘴気を抱えて生きてきたのだ。本人も気付かないところで悪影響が出ていたのではないだろうか。

胸がギュッと苦しくなって、念入りに光の魔力を注いでいく。隅々まで綺麗に瘴気を払ってようやく、ホッと息を吐いた。

「今のは」

「おそらく、瘴気竜の瘴気でしょう。ゼノ様の体内にも残っていたみたいで。大丈夫、今、全部祓いましたか――きゃっ⁉」

次の瞬間にはゼノにギュッと抱きしめられていた。視界がゼノでいっぱいになって、目を見開く。

「サンキュ！　オレ、瘴気に侵されていたなんて全然気が付かなかった！」

「おい、ゼノ⁉」

アルシェイドの制止など聞こえない。ゼノはまるで子供みたいにはしゃぎ回る。

「すごいな。今、治療されてわかったよ。気持ちが晴れたっつうか。オレ、ここ数年、ずーっと不調だったんだな！」

「あああ、あの！　ゼノ様⁉」

「サフィア、お前スゲエな！　オレの瘴気中毒を見抜いて、治療までしてくれてサンキュ！

いやほんと、襲っちまってごめんなあ」

よほど感動してくれたらしい。とうとう頬を擦りつけてくる始末だ。

あまりの喜びようにサフィアは目を白黒させるも、ゼノの暴走が止まる様子はない。

「おい、ゼノ！　いい加減離れろっ！」

「君ら恋人でもなんでもないんだろ？　ならいいじゃん。こんなかわいくていい子が恩人なんだぜ？　ギューしなきゃ損だろ？」

「お前の国の文化を持ち込むなっ！」

そう言いながら、アルシェイドが必死でゼノとの間に割り込んだ。

べリッと剥ぎ取られ、今度はアルシェイドに後ろから抱きしめられたものだから、サフィアの頭の中は大混乱だ。この急展開に、全然ついていけない。

「サフィアは俺の番なんだ！　やすやすと手を出すなと言っている！」

「え？」

「あ」

思わぬ言葉に、ドキンッ！とサフィアの心臓が跳ねた。

まさかの自供である。どうやら無意識だったようで、後で気付いたのか、ゼノだけでなくアルシェイド本人も固まった。

ビュウウウ、と冷たい風が吹いた。火照った頬にはちょうどいい冷気である。

しばらくの沈黙が周囲を包む。かと思えば、みるみるうちにアルシェイドの顔が赤く染まっていった。

「番？　まさか、お前の手紙に書いてあった神環の番のことを調べたいってのは、つまりそういう？」

「ち、ちがっ！　――とにかく、来いっ！」

これ以上立ち話は不要だとばかりに、アルシェイドは踵を返す。屋敷に向かってズンズンと入っていくが、少し待ってほしい。

(殿下、手！　手が……！)

サフィアの手がむんずと掴まれたままなのである。

かなりの早足だ。サフィアは引きずられるようにパタパタとついていくけれど、気が気ではなかった。

彼の握りしめる手の力強さ、そして大きさに、心臓は暴れたままだ。

今まではそばにいて心地いい存在だとは思っていたけれど、それとはまた違う。妙に意識してしまいそうだ。

こんなの、心臓が持ちそうにない。どうか心臓の鼓動を聞かれませんように、そう祈りながら小走りでついていった。

屋敷に戻った彼は、一階の居間に向かっているようだった。サフィアたちの後ろを、ゼノが興味深そうな目をしたままついてくる。

　屋敷の中はできるかぎり片づけたものの、正直お客様を出迎えられるような状況ではない。一カ月半でマシにはなったが、さすがにサフィアでは、壊れた壁や床まで直せなかったからだ。

しかし、ゼノは前の屋敷の様子も知っているのか、「随分綺麗になったなあ」と感心している。

　一応ソファーがいくつか用意されている居間にゼノを通し、サフィアはようやく解放されたのだった。

「あっ、あっ、あの！　私、お客様にお茶を淹れてきますっ」

「あ、おいっ！」

　頬が真っ赤になっているのを見られたくない。少し落ち着こうとアルシェイドから距離を取り、すぐに部屋から出ていく。

　アルシェイドの制止の声が聞こえたが、足を止める余裕などなかった。

　傷ついたケープを脱ぎ、ジッとそれを見つめる。胸が痛むような、むしろソワソワするような不思議な気持ちで、それをサフィア用の棚に仕舞い込んだ。

（今日の殿下、とびきり優しい）

　サフィアのためにたくさん心を砕いてくれた。こんなにも人の優しさに触れることなどなくて、落ち着かない。

（屋敷に戻るまでも、ずっと手を握られて――）

いまだに、握られた手の感触が残ったままだ。

その上、『俺の番』だなんて言われてしまえば、もはやどう受けとめていいのかわからない。

いや、アルシェイドの言葉に他意はない。現状を端的に述べただけ。でも、あんな言われ方をされてしまうと、意識してしまうのは仕方がないではないか。

両手を頬に当ててジタバタする。

ただでさえサフィアはこれまで二十年、真面目に任務だけをこなして生きてきたのだ。他の貴族出身聖女たちのように社交に出かけるようなこともない。男性と交流する機会などゼロだ。

初めてまともに交流する男性が、第二王子であり英雄のアルシェイドなんて、心臓が持つはずがないのだ。

口を開けば、少し厳しいもの言いをすることもあるけれど、凛として聡明。それでいて、あの美しいかんばせ。サフィアとは住む世界が違う人だ。

そんな彼に急に触れられると、サフィア程度の小娘では太刀打ちできない。

「ハァー……っ」

肺の隅々まで息を吐き出す。

（一度冷静にならなきゃ。ほら、私、ゼノ様に襲われていたわけだし、私の命がなくなれば殿下も命を落とすような状況だったわけで。私を守ろうとするのは、当然のこと、なのかもしれないし）

うんうん、他意はないと自分に言い聞かせる。

（神環の番になっちゃったせいで、殿下が神経質になっているだけなのよね。普段だって、過保護すぎるくらいだもの。殿下の周囲の方って、言ってしまえば皆さん、簡単に私を殺せるくらいの実力をお持ちだから。まかり間違って殺されちゃやだめだって、心配なさっただけで）

色々強引すぎるし無理のある言い訳なのはわかるが、それ以外に理由が見つからないのだ。

だって、あの言葉、あの触れ方。そしてサフィアを心配して揺れた瞳。

サフィアの命を守るためでなければ、本当にサフィアに執着しているみたいな行動だったではないか。こんな身分も足りなければかわいげもない、顔も十人並みの貧乏聖女に入れ込む理由なんてあるはずがない。

（よし、平常心平常心）

パンッと両頬を軽く叩き、頷く。そして用意したティーセットを持って、居間へ戻った。

「お待たせしました」

「おっ、サンキュ」

部屋に入るなり、パッと顔を上げたのはゼノの方だった。

ふたりは向かい合わせのソファーセットに腰かけている。間のローテーブルにティーセットを置き、カップにお茶を注ぐと、ゼノの方がにぱっと笑って受け取ってくれた。

「で？　こうしてサフィアに色々世話を焼いてもらいながら、お前はのんびり暮らしているわけだ」

「別にのんびり暮らしているわけではない。番関係の解消をするために、ずっと調査していると言ったろう」

サフィアが不在のうちに、ふたりは色々情報共有をしていたらしい。少なくとも、神環の番に関するおおよその情報は伝え終わっているようだ。

「ふーん」

しかしその上で、ゼノは不満そうな顔をしている。

「サフィア、座りな。——あ、ほら、こっち」

そう言って強引に手を引かれ、なぜかゼノの隣に座らされる。その瞬間、アルシェイドの眼光が鋭くなったような気がするが、どういうことだろう。ジトッとなにか責めるようにゼノを睨みつけている。

「つまり、お前は無償で瘴気中毒を治療してもらった上、あんな遠くの教会から毎日通わせて家政婦みたいにこき使って、いざ番関係を解消できたらポイって捨てるってことだろ？」

「……っ！」

アルシェイドの顔色が変わった。

給金なども固辞しているし、アルシェイドとの生活が心地よすぎて自覚していなかったが、確かに事実を並べるとそう見えるのかもしれない。表現の仕方にはかなり悪意があるが、サフィア自身も今の自分の状況を改めて客観視する。

「そんなこと、誰も言っていない‼」

苛立ちを隠そうともせず、アルシェイドはゼノに食ってかかる。

「いや、どう考えてもそうなるじゃないか」

「違う！　全部事情が――」

「甲斐性のない男の言いそうなことだよなあ」

ゼノは大袈裟に肩を竦めているが、サフィアだって事情は重々承知している。

というか、アルシェイドはありとあらゆる場面でサフィアを気遣ってくれる。色々融通してくれようとしているのに、頑なに固辞しているのはサフィアの方なのだ。

いても立ってもいられなくて、口を挟むことにした。

「ゼノ様、違います。殿下は私に給金を出すと仰いました。けれども、私が断ったのです」

サフィアは、教会での自分の微妙な立場を説明する。

ロレンスに疎まれ、いいように使われた。それに気が付かなかった自分が甘かった。

急に自分がアルシェイドと距離を詰めると、ロレンスに警戒されかねない。だから表向きは冷たく突っぱねられるのを諦めずに、この森に通っている体にしておいた方がいいということまで。

自分が至らない人間であることを説明するのは心苦しかったが、包み隠さず全部告げた。

けれども、ゼノはまったく納得していない様子だった。なにか冷たい視線をアルシェイドに投げかけている。

「ふぅーん。それでいいの？　サフィアは」

「もちろんです。それに、教会にいるよりここに置いていただける方が、ずっと居心地がいいですし」

最後の最後に、一番の本音が出た。

結局、サフィアがここにいたいのだ。だから今の関係を咎められると、サフィア自身もどうしたらいいのかわからない。

困ったように笑うと、向こうの席でアルシェイドが唇を引き結んでいるのが見えた。

「つまり、サフィアは教会にいたくないってことでいいよな？」

「え？　えーっと、そういうことになりますね」

そうだ。もう教会にはいたくない。

サフィアははっきりと自分の意志を示すため、首を縦に振る。

「そうなると、わざわざ神環の持ち主だって隠す義理もないんじゃねえ？　つか、アルと神環の番のまま行けばいいじゃん。公表しちゃえば、向こうだって手が出せなくなるだろうし」

「え」

「あ、でも、アルは関係を解消したがってるんだったか。じゃ、オレと結ぶ？　神環の番。オレ、これでも凪の神環持ちだし。チューしたらオレと結び直せるんじゃねぇ？　試してみる？」
「ゼノ‼」

いよいよ我慢ならなくなったのか、アルシェイドがバッと立ち上がる。かと思えば、ズンズンとローテーブルを回り込み、サフィアの肩を掴んだ。ぐいっと抱き寄せられ、そのまま強引に席を移動させられる。

気が付けばアルシェイドの横に座らされており、ガッチリと腰を抱かれた。

「番の横取りが発生した場合、なにが起こるかすらわかってないんだ。安易な思いつきでサフィアに負担をかけるな！」

確かに、神環の番の交替ができるかどうかなど、誰にもわからない。

稀有な関係性が生まれること自体、歴史の中で数えるほどしかないのだ。例外がなにを引き起こすのか、予想だにできない。

アルシェイドに怒鳴られ、ゼノは大きく目を見開いた。

「あのさあ。お前、それで本当に恋人じゃないとか言い張るわけ？」

ボソボソとんでもない言葉が聞こえるが、サフィアは黙って視線を逸らすしかない。

「っ、違う。ただ、俺には彼女を番にしてしまった責任がある」

「殿下、それは違います！　番になったのは、私のせいで！」

まさか、アルシェイドがそのように思っていたとは知らなかった。

あれはあくまで事故、というか、強引にアルシェイドに迫ったサファィアの方が悪いと思っている。彼も、同じ認識だと考えていたが、違ったのだろうか。

オロオロしているも、アルシェイドはゼノを睨みつけたままだ。

「へいへい、わかりましたよ。つうか、そんなに怒るくらいならお前がしっかり護ってろ。――ったく」

ゼノはそう吐き捨て、大きくため息をついた。それからガシガシ自分の頭をかきむしり、真剣な表情になる。

「あのな、サファィアだけじゃない。お前自身も教会には気を付けろよ。例の渡り人サマ、だっけか？　大聖女候補の。あの女、各地の神環持ちを侍らそうとしているぞ」

「………………わかっている」

ユリについては、すでにアルシェイドと情報を共有している。

彼女が『闇様』なる人物に並々ならぬ執着を見せている。さらに、あのロレンスを侍らせるなど、他の神環の持ち主を探していた様子だった。

「オレのところにも打診が来た。将来の大聖女を護る聖騎士にならねえかってさ。――ンだよ、なるわけねえだろ、訳のわからん女の道楽に付き合ってられるかってんだ」

ケッと悪態をつきながら、ゼノは続ける。

「あの女、ロクでもねえぞ。打診が来たから一応探ってみたが、渡り人であることをいいことに、わがまま放題でよ」

そう言えば、あのロレンスすら彼女に振り回されていた。

こちらの世界について勉強して、魔法を習得するために時間を費やしているようだが、成果はあまり芳しくないとも聞いている。

「ただ、予言の力は本物みたいだな。教会の連中も無下にはできねぇみたいだし、実際に光の魔力も強いみたいだしな。鍛えたらモノになりそうではあるんだが、本人があの性格だからなあ。あれ以上、力がつくことはねぇだろうな」

盗賊であるゼノだからこそのひと言だ。大教会の警備はそれなりに厳しいはずだが、内情をしっかり調べているようである。

「言動もおかしいんだよなあ。予言のことをゲームだか乙女ゲーム？っつってさ。そのゲームとやらでは、三十年後にはオレもあの女に侍る男のひとりになってるらしくてよ。怖いったらありゃしねぇよ。大丈夫か？　三十年後のオレの感性」

ゼノは大袈裟に震え、己の腕を抱いている。

（そっか、ゼノ様は狼の獣人だから）

三十年後もまだまだ青年期なのだろう。サフィアと違って、寿命はたんまりある。

（本来は、こういうお相手と結ばれるための神環の番なのね）

なんて、現実なことに想いを巡らせ、ふるると首を横に振る。

寿命については考えても仕方がない。今はユリだ。

「特に『闇様』を探していると仰っていました。つまり闇の神環の持ち主ということでしょうか？　彼女の言う風貌から、私も殿下のことを指すのではないかって思っているんです。ただ、三十年後という言葉が引っかかっていて」

ユリはおそらく、三十年後の『闇様』の姿に惚れている。しかし、三十年後と言えばアルシェイドは五十代半ばだ。

「ユリ様は、長寿なのでしょうか？　だから感覚が違う？　ううん、異世界の方の寿命がわからないのですが、三十年後の殿下って――失礼ですが、五十代ですよね？」

今の姿よりも、その五十代の姿に惚れたということなのだろうか。

とにもかくにも、アルシェイドがどれほど素敵なおじさまに成長したとて、どうしても捻れが生じる気がするのだ。

「おい、アル。あのこと言ってないのか」

「………………」

あのこと、とはなんだろう。小首を傾げると、アルシェイドがふいっと視線を逸らした。

「お前なあ。曲がりなりにも、番関係だろ」

「すぐに解消する。サフィアは知らなくていい」

ブスッとした表情をしているが、サフィアを抱き寄せる力が強くなる。その頑なな様子に、サフィアも追及しないことを決めた。

彼にも、言いたくない事情のひとつやふたつあるはずだ。ましてや彼は、王家の人間なのだ。立場上、絶対に話せないこともあるだろう。

「大丈夫です」

「サフィア、お前、健気だなあ」

ゼノに心底同情されるも、肩を竦めて苦笑いをするだけだ。そんなことよりも、今は教会について考えるべきだ。

「ゼノ様、私はまだ教会に残ります。そうすることでユリ様と大神官様の動向も見られますし、あそこの資料、全部読み切れてないんです」

ゼノが眉をひそめる。しかし、サフィアの決意は固い。

「大教会は神話に関しては総本山です。神環の番に関する資料はどこよりも豊富でしょう。在席しているうちに、私も番関係を解消する方法を探りたい」

「本当にそれでいいのか……？」

「もちろん」

にっこりと笑って頷いた。

「殿下にご迷惑をかけるわけにはまいりませんから」

そう言い切って、アルシェイドを見上げる。

正確には、彼の寿命を無為にもらうわけにはいかない。だから大丈夫だ。まだ頑張れる。

「それより、もしかしたら殿下のパーティーの皆様も、気付かぬうちに瘴気中毒症状が出ている可能性があります。機会があれば声をかけていただけませんか？　私なら治療できるかもしれませんし」

「サフィア、お前ぇ」

ゼノが瞳を潤ませながら、ギューッと唇を噛んだ。感極まったとばかりに眉根を寄せ、ぐっと拳を握りしめた。

「渡り人よりもよっぽど大聖女って感じだぜ。おい、アル！　テメエ、サフィアにもっと気を使ってやれよな！　泣かせたら許さねえぞ」

「っ、わかっている！」

その後は、なぜか男ふたりでギャアギャア言い争いになってしまった。

どうもサフィアが喧嘩の種になってしまっているようで、その場に居合わせると言い争いが終わりそうにない。

――なんだかんだ、ふたりともとても楽しそうだからよいのだけれども。

「積もる話もありそうですし、私はこれで。夕食だけ作り置きして、早めに失礼しますね」

そう告げ、キッチンに引っ込むことにした。

居間から聞こえる声はずっと賑やかだ。聞いているだけで、なんだかサフィアも明るい気分になってくる。

（男性ふたりだもの、余るくらいたくさん作っていいわね）

この屋敷は寂しかった。アルシェイドは中毒症状のせいで、人を寄せつけなかった。

聞くところによると、それこそゼノが心配し、たまに様子を見に来てくれていたみたいだ。

しかし以前は、今日みたいに会話することすら難しかったのだという。

（それでも、ずっと殿下を心配してくださっていたのね）

アルシェイドがあれほどまで砕けた関係になれる相手がいるとは思わなかった。それがとても喜ばしかったと同時に、肩を落とす。

（私、殿下のことなにも知らないのね）

ちょっとだけ悔しい。

でも、いずれ彼と関わることはなくなる。それはわかっているし、サフィアのことなど、アルシェイドが気にかける必要はないのだ。

いつか目指した、アルシェイドを解放した先の自由。今はそれが、少しだけ寂しく思えた。

おそらく、この生活を知ってしまったがために。

（……おかしいな。楽しみにしていたはずなのに）

いずれサフィアはひとりで死ぬ。ちゃんと覚悟したつもりだったし、悔いは残すつもりもない。ただ、気がかりなこともできた。

アルシェイドが優しい人であることは、よく知っている。番関係を解消した後、サフィアが亡くなったことを知ったら心を痛めてくれるだろう。その事実に気が付き、胸がギュッとなる。

（ちゃんと、いなくならなきゃ）

アルシェイドの前から。

そうでなければいけないと、本能で察した。

だから死ぬ時はこの街から離れて、彼に見つからないところでひっそりと死のう。

それが、こうして穏やかな日々をくれるアルシェイドのためにできる、唯一のことだから。


男性ふたりの邪魔をせぬよう、その日は本当に早めに帰ってきてしまった。

明るい時間に教会に戻るのは久しぶりで、少し気まずい。

最近聖女としての任務をしていない。もはや在席しているだけになってしまっているから余計にだ。誰かに会うたびに、やたら小言を言われるのだ。

厄介な相手に見つからないうちに、書架に移動してしまおう。そう思った時に限って、うまくはいかないらしい。

「サフィア、大神官様がお話があるそうです。すぐに執務室へ向かうように」

容赦なく呼びつけられ、連行される。そして部屋に入るなり、眉間に皺をたっぷりと刻んだロレンスの小言が飛び出してきた。

「随分のんびり仕事をしているようだな、サフィア」

ああ、いよいよ来たかと思う。

正直、怪しまれないはずはなかった。むしろ、よく今日まで咎められずに済んだものだ。

（相手が殿下だから、例外ってことで見逃してもらえたんだろうけど）

あとはユリだ。散々彼女に振り回され、こちらに気を回す余裕もなかったのだろう。

とはいえ、今はユリの姿は見えない。周囲の様子を確認し、サフィアはロレンスに向き直る。

「殿下にはすっかり警戒されています。屋敷には結界が張られ、今は近づくことすら許されません。おひとりで暮らしていらっしゃるので、まずは殿下の警戒を解くため、交流を図るところから始めております」

早朝から調理したものを持ち出したり、物資補給に街中を出歩いていたりしたことくらいは小耳に挟んでいるだろう。

以前、無断外泊した時のことも、なんとか接触を図れたものの、いざ中毒症状を治そうとして失敗したと報告している。結果、外で気を失ったまま一日経っていたと。

ちょっと苦しい言い訳ではあるが、ロレンスは難しい顔をして黙り込んでいる。

アルシェイドの人柄を知っているからか、ひと筋縄でいかないことは了承済みというわけだ。

それは正直助かる。

「なるほど。……だが、こちらもお前を遊ばせているわけにはいかなくなってな」

アルシェイドの治療で力を失わせて早々に引退――が叶わないとなると、開き直ってこき使う方向に持っていくつもりなのか。

（殿下の屋敷に通うのも、これまでね）

突然の終了宣言だ。そこまで読み取り、サフィアはそっと息を吐く。

（……もう少し、一緒にいたかったな）

残念ながら、それは許されないらしい。

胸の奥に苦い想いが広がるも、サフィアは全部受けとめた。大丈夫。サフィアの目的ははっきりしている。大事なのは、教会で神環の番の解消法を見つけることだ。アルシェイドとの生活が心地よすぎるからといって、そこをはき違えてはいけない。

「ユリ様が今、勉学に励まれているのは知っているな」

「はい。大神官様がつきっきりで、教鞭を執っていらっしゃると」

「……そこまでではない。とにかく、大聖女候補として召喚したのだ。かの方の救済を待ち望む声が大きくなっている」

当然の反応だ。サフィアは真剣な面持ちで、首を縦に振る。

異世界召喚に関しては、かなり多くの貴族の援助があったはずだ。寄附を募ったものの、教会はそれをすべて懐に入れている。実際は費用などほとんどかからず、サフィアひとりが命で負担した形になったわけだが。

貴族の連中はその事実を知らない。出資したのだから、恩恵を受けさせろと言うのは当然のことだ。

光の魔力は瘴気を払う以外に、治癒魔法にも使用される。治癒師として貴族の屋敷に訪問するのは聖女の基本業務だ。

(私は、貴族のお屋敷に行ったことはほとんどないけれど)

貴族相手の任務は、とても人気の業務だった。若い貴族の男性に見初められるのを望む聖女が多かったからだ。ゆえに、サフィアのような下っ端には回ってこない。

「しかしユリ様は——言ってしまえば、異世界の方だ。安易に貴族の屋敷には連れていけない」

そう言いながら、ロレンスは沈痛な表情を浮かべた。

(確かに難しいかもしれないわね)

光の魔力自体はかなり高いのは事実だ。しかし、貴族のお屋敷に上がるには、それなりの作法を身に着ける必要がある。

常識が異なる世界からやってきたからか、そこで苦労しているらしい。

「だが、皆、渡り人の治療でないと納得できない様子でな。——そこで」

ロレンスが顔を上げる。ディープブルーの瞳がサフィアを射抜いた。

「お前だ」

「え」

まさかと思った。さすがに予想外の指名に、サフィアはギョッとする。

「あの。ユリ様を指名していらっしゃるのに、私が出たところで納得なさらないのではないでしょうか?」

「そうではない」

ロレンスは厳しい目をこちらに向けてくる。

「お前がユリ様のふりをして、貴族の屋敷を回りなさい。なに、ユリ様の風貌はまだ外には割れていない。顔を隠せば、お前でも務められる」

「…………え?」

想像だにしなかった命令に、サフィアはぽかんと口を開けた。

第四章　雪降る日の温もり

いくら怪しまれずに教会に残るためといっても、いざ任務が始まると、こうなるのはわかっていた。

（とっても体が重いわ……）

ユリの身代わりを命じられてから一カ月と少し。

毎日毎日毎日毎日、体力と魔力の限界まで搾り取られる日々だ。

アルシェイドの屋敷に通っていた頃は、毎日が穏やかすぎてすっかり忘れていたが、サフィアに課せられる仕事は多い。いざ教会内で任務についていることがわかると、ロレンス以外の人間からも次々と仕事を回されるのだ。

（これによく耐えていたわね、以前の私）

アルシェイドに搾取、搾取と言われていたが、改めて同じ状況に戻って、自分がどれだけ苛酷な環境にいたのか思い知らされる。

（でも、これもあと数カ月のことよ。きっと）

神環の番の解消方法はきっと見つかる。それを信じて、今は怪しまれないように頑張るしかない。

日中は基本的に各貴族の家を訪問し、彼らの治療に専念する。

異世界の渡り人を護るための名目として、深くフードを被り、顔は見えないようにする。さらにまだ会話も慣れていないということで、補佐官をつけてもらい、やり取りは全部任せることにした。

それならサフィアでなくてもいいのでは、と思うが、ロレンスの中で治癒魔法が最も得意な聖女となるとサフィアなのだろう。渡り人の代わりなど、他の者には務まらないとのことだ。あとは、今まで従順であったがゆえの信頼か。ロレンスの中で、サフィアは絶対に反抗しない便利な駒であることに変わりはないのだろう。

他にも、再び瘴気対策に借り出されることも増えたし、市民への対応も押しつけられた。こちらはサフィアの姿そのままで出ているが、とにかく業務は増える一方だ。

季節は真冬。かじかむ手を擦り合わせながら、街を走り回る。

空が真っ暗になってからくたくたになって教会に戻り、夜の時間しかないからと書架に籠もる。凍える部屋で夜通し、指先に息を吹きかけながら資料を漁り、空が白んでから外に出る。

眠る時間などほとんどない。でも、大丈夫。頑張れる。

短い間だったけれど、穏やかな日々をくれたアルシェイドに恩返しをしたい。——いや、寿命を返すのは、彼の当然の権利とも言えるのだけれども、とにかくサフィアは彼のためになにかをしたかった。

その目標に向かうことで、自分が生きていると感じられるのだ。こんなこと、長く教会で生活する中で初めてだった。

（でも、もう、ずっと殿下に会えていない）

突然通えなくなって、心配させてはいないだろうか。

いきなり教会での生活に引き戻されて、連絡ひとつできていない。だって、サフィアは彼に対する連絡手段など、なにひとつ持ちあわせていないのだから。

ずっと通っていたから理解できていなかった。彼との関係など、簡単に崩れてしまうものだったのだと思い知らされる。

ちゃんとご飯は食べられているだろうか。あれ以上屋敷が破壊されることはないはずだが、掃除は？　洗濯は、ある程度魔法でなんとかなりそうだが、できればお日様の下でシーツを干してあげたい。

（なんて、心配しすぎよね。殿下、しっかりされているもの。おひとりでも、きっと大丈夫）

会えなくて寂しいのは、多分サフィアだけだ。

（せめて近くに行く任務があれば、少しの時間でも顔を出せるのに）

彼の屋敷が王都の外れであるからこそ難しい。もどかしい気持ちになりながらも、今は目の前の任務をこなすしかない。

特に二週間後には、三カ月に一度の大きな市民開放の日がある。格安で平民のために治癒魔法を施す日で、最も忙しい仕事のうちのひとつだ。

そしてなにより、今度の市民開放の日にはかの渡り人様が出るということで、すでに話題になっているのだ。

当然、渡り人役はサフィアである。そのために、しっかりと準備しないといけない。今日もこの後、開放日に向けての打ち合わせがあるわけだが。

「ちょっと、アナタ」

会議室へ入ると、部屋の中心に渡り人、すなわちユリが陣取っていた。

相変わらず綺麗な黒髪だ。真っ直ぐな黒髪を左右に垂らし、フリルがたっぷり入った膝丈の白のワンピースを纏っている。聖女のローブ、と言ってしまっていいのかどうか悩むデザインだが、とても似合っているのは事実だ。

彼女はふかふかの椅子にゆったりと腰かけながら、こちらを睨みつけている。かわいい顔をしているが、不機嫌さが丸出しだ。

隣にはロレンスの他に、赤髪の男性が寄り添っている。年は二十代前半だろうか。キリリとした眉に意志の強そうな黄金色の瞳。体型はカッチリとしていて、護衛慣れしているというか、いかにも騎士といった風貌だ。

彼女が神環の持ち主を探しているとは聞いているが、赤髪の彼に神環がはめられている様子はない。ということは、一般の聖騎士を雇ったのだろうか。

サフィアは恭しく、彼女の前で両膝をつく。敬虔な信者として対応するが、ユリの表情は険しいままだ。

「アナタ、あたしのアレを使って、随分好き勝手してくれているみたいじゃない」

アレというのは、光の神環のことだろうか。別にまだ、ユリのモノでもなんでもないのだが、ユリの中では自身の所有物だと認定されているらしい。

「ユリ様の評判を貶めるような行為は決してしておりません」

「違うわよ！　アナタばかりが外に出て、ズルいって言っているの‼」

「え？」

なにがなんだかわからない理由で怒られている。サフィアはつい顔を上げ、ぽかんと口を開けた。

「あたしだって、治癒魔法くらいできるのに。どうしてアナタがチヤホヤされるのよっ」

「称賛は、すでにユリ様のものかと存じます」

そうだ。サフィアがこつこつと頑張っている分は、すべてユリの評価になっている。

結果は上々だ。今までの聖女では難しかった病の治療まで成功し、順調に貴族たちの称賛を得ている。ユリの評判はうなぎ登りで、教会への感謝の布施もますます増えているようだ。彼女のための成果は上げているのだから、文句を言われる筋合いはない。

「直接褒めてもらえなきゃ意味ないでしょ！　勝手にあたしの名前を語って、アナタばかりいい思いして！」

戸惑いの声をあげたかったけれど、ぐっとこらえた。

いや、いくらなんでも無理筋すぎないだろうか。周囲もなにも思わないのか、と思って目を向けるも、赤髪の彼は当然のようにこちらを睨みつけてくるし、周囲の者たちも納得している。

ロレンスだけが眉間の皺を指で伸ばしているが、ユリを咎める様子はない。

「では、いつでも交替をします。ユリ様はすでに、十分な治癒魔法の腕を身に着けていらっしゃると聞き及んでおります。本来、ユリ様が行うべき業務なのですから、私は――」

「嫌よ。治癒魔法って、すっごく疲れるんだもの！」

「え……？」

戸惑いのあまり、つい声が漏れてしまった。

だって、それはサフィアにはない答えである。どれだけ疲れていても、目の前に治療を求める人がいたらなんとかしたい。それが聖女ではないのだろうか。

困惑し、ロレンスに助け船を求めてしまう。しかし、ロレンスはふいっと視線を逸らすだけだ。どうやらサフィアひとりで受けとめろということらしい。

「ならば、私はどうすればよいのでしょう？　ユリ様は、私になにを求めていらっしゃるのですか？」

「………今度の市民開放の日、あたしが出るわ」

どうも主張が捻れていて、サファィアは眉根を寄せた。

「市民開放の日は、治療希望者が殺到いたします。貴族のお屋敷を回るのとはわけが違います。魔力の消耗は倍どころではなく――」

「だから、アナタの出番でしょう？」

「は？」

彼女の意図がちっともわからなくて、サファィアはきょとんとした。

「アナタがあたしの横についていていたら問題ないじゃない。あたしが患者に手を当てて、後ろからアナタが治療すればすべて丸く収まるでしょ？」

「え？　あの？　それは」

後ろ、というのはどういうイメージなのだろう。混乱した頭で必死で考える。

「ユリ様、そもそも治癒魔法は、治療を求めている方に直接触れなければ行使できません」

「できないの⁉」

「ユリ様は、おできになるのでしょうか？」

「できないけど！」

そちらもできないのではないか！と内心突っ込みつつも、サファィアはオロオロする。

「私だって同じです。触れなければ、どうしようも」

「でも、ゲームではできていたもの！」

「え？」

「アナタ、アレを持っているのでしょう!?　できないなんて言わせないわよ！」

「は、はあ……」

アレというのは光の神環のことだろう。

表向きにはサフィアは不所持ということだから、人が大勢いるこの場所では伏せているが、かなりギリギリの表現をしている。

（私が？　直接触れずに治癒魔法を……？）

考えたこともなかった。

治癒魔法は患者に触れるのが常識すぎて、試そうと思ったことすらなかった。

ユリの言動は無茶苦茶だが、予言者としての能力はおそらく本物だ。言動の多くが納得できるというか、この世界の真理に基づいた鋭い指摘もある。

（遠隔魔法が可能ってこと？）

一度試してみてもいいかもしれない。大きなヒントを得た気がして、ふむ、と頷く。

「ちょっと、なにか言いなさいよ!?」

深く考え込んでいると、雷が落ちてくる。サフィアはビクリと肩を震わせ、前を見据えた。

（今はまだ、従順でいよう）

ユリの予言では、いつか——おそらく、サフィアがこの命を落とした時、光の神環は彼女のモノになる。でも、本当にそれでいいのだろうか。

大聖女候補と言われているけれど、この人が本当に国を率いていく聖女となれるのだろうか。

異世界からの渡り人であり、確かな予言能力もある。けれど、この人が国のため、民のためになにをしてくれたのか。サフィアをいいようにこき使うことに対し、良心の呵責もなにもない。わがままを通し、こうして実力のある者たちを独り占めして拘束し、好き勝手振る舞い、周囲の成果を自分のものとする。

本人はいずれ世界を救うと言っているが、市民ひとりひとりに向き合う気もない彼女が、いざ問題に直面した時に動いてくれるのだろうか。

改めて、ゾクリとした。

（私、とんでもない人を召喚してしまったのかもしれない）

言われたままに召喚魔法を行使しただけだけれど、サフィアは己の所業に責任のようなものを感じた。

（本当に、ユリ様に光の神環を渡していいの？）

相応しくない人に渡った末路は、ロレンスを見ていてもわかる。

彼は自分の地位を確立するために、他者を蹴落とすことを厭わない。サフィアはまだしも、アルシェイドまでもがひどい風評被害にあっている。サフィアはそれも許さない。

（教会は、今のままではだめなのだわ）

長く自分が所属していた場所だ。悪く言いたくはないが、中にいるからこそ見えてくることもある。

(私にどこまでできるかわからない。けれど)

右手の、光の神環の存在を確認する。さらに意識を集中し、神環を通じて番となったアルシェイドを想った。

(以前の私とは違う)

サフィアはひとりなどではない。ずっと遠い場所に、ちゃんと感じている。凜と輝くアルシェイドの光を。その事実がサフィアに勇気をくれた。

「ユリ様、提案がございます」

「な、なによ……っ」

キリリと主張すると、ユリがたじろいだ。隣に立っていたロレンスも、何事かと表情を厳しくする。

こちらを見定めるような瞳にドキリとするけれど、引いてはいけない。サフィアは背筋を伸ばし、真っ直ぐユリを見据えた。

「開放日まであと二週間、ユリ様の仰る遠隔治癒魔法を訓練してみましょう。だからどうか、お力添えを願えませんか?」

「え?」

「ユリ様は特異な予言能力を持っていらっしゃいます。遠隔治癒魔法に関しても、なにかヒントのようなものをお持ちではないですか？　それをご教示いただきたく存じます」

「な、な……」

「もちろん、二週間で習得できる保証などございません。その場合は、残念ながら従来通りユリ様ご本人にはご欠席いただくか、別の手段を――」

「嫌よっ！　絶対出るわ！」

随分なこだわりようである。ユリはムキになって立ち上がり、こちらを見下ろした。

「直接の称賛を必要としていらっしゃるのなら、貴族のお屋敷への訪問から始められてもよいかと思うのですが」

「それだと、闇様を探せないじゃない！」

出た、闇様だ。ユリが探してやまない、黒髪赤目の男性。

サフィアはそれがアルシェイドのことだと推測している。ロレンスも同じく察しているのだろうが、相変わらず隠したままでいるようだ。

(貴族はひと通り探し終えたってことね)

アルシェイドは曲がりなりにも第二王子だ。順番に探していけば早々に見つかりそうなものだが、ロレンスが上手に誘導しているのかもしれない。

「サフィア」

ロレンスがもの言いたげにこちらを見ている。大丈夫、今は話に乗るつもりだ。

「わかりました。でき得る限り努力します。ですがユリ様、ほんの少しでも構いません。なにか思いつく手段があれば、教えてください。それを元に模索してみせましょう」

そう言い残し、サフィアは退室した。


翌日からは、遠隔治癒魔法の習得に専念した。

とはいっても、いつもと同じように貴族の屋敷に治療に向かい、そこで触れずに治療できるか実践をかねての業務だ。

ユリからはヒントらしきヒントは聞けなかった。

『ゲームでは簡単にできてたもんっ！　知らないわよ』だそうで、コツさえ掴めば難しくないのかもしれないと考えることにした。

（でも、そうよね。治癒魔法以外の魔法って、基本的に遠隔操作だもの）

生活魔法をはじめ、補助魔法も攻撃魔法も、どの属性に関しても、直接触れることを条件にしているものはほとんどない。光属性の魔法だけが例外なのだろうか。

魔法はイメージが大事だ。治癒魔法も瘴気の浄化も、問題を抱えている部分のモヤモヤした澱みや濁りを祓うイメージで行使する。

澱みは、触れるとよりわかりやすく、くっきりと形として見えるのだ。その部位に、集中して光属性の魔力を流し込んで治療は完了する。

（逆に言えば、わざわざ可視化しなくても、光属性を大量に注げば治せる、とか？）

とんでもなく効率が悪そうである。魔力の無駄遣い甚だしい。普通の聖女がそのようなことをしたら、ひとり治療しただけで倒れてしまいそうだ。

（でも、私には光の神環がある）

正確には、光の神環を授かるだけの魔力を宿している。

（それに、アルシェイド殿下と番になってから、魔力が強くなっているみたいなのよね）

文献には、互いの魔力を分け合うものと書いてあった。けれど、分け合うどころか相乗効果で向上している気さえするのだ。

最近の激務に耐えられているのも、この魔力に支えられているからだ。

治癒魔法は自身にはかけられない。けれど、他属性の身体強化魔法なら自分にかけることが可能だ。サフィアはどの属性もそれなりに扱えるからこそ、それらの魔法を駆使してなんとかやっていけている。

（無理しすぎていることで、余計に力がついている感じがあるのよね）

神環の番になれば、魔力の成長度も上昇するのだろうか。機会があればアルシェイドにも聞いてみたい。

そのようなことを考えながら、ひと仕事終え、教会へと戻る帰り道のことだった。

降りしきる雪の中、白い息を弾ませながら前へと進んでいく。

以前、アルシェイドにもらったケープが恋しい。いや、あれを教会に持って帰るわけにはいかないが、それでも、あの温もりを思い出して感情がぐずぐずになることがある。

(だめね。すっかり寂しくなっちゃってる)

体力、魔力を消耗し、心も弱りつつあるのか。

彼の存在を感じたくて、念じようとして——やめた。だって、そんなことをしたら余計に寂しくなる。穏やかな彼の家で過ごしていた時の温もりを振り払い、帰路を急ぐだけだ。

そうして大通りから一本外れ、人通りの少ない小径に入った時だった。

周囲の警戒を怠ったつもりはない。しかし次の瞬間、ぐいっと右手を強く引かれたのだ。

なに、と思った時にはもう遅い。

ザッと、粉雪が舞った。

かと思えば大きな手で口元を押さえられ、裏路地に引っ張り込まれる。ドンッ!と建物の壁に背中を押しつけられ、息を呑んだ。

相手はフードを被っており、顔はよく見えない。ただ、肩に雪が積もっており、かなりの時間ここで待ち伏せしていたのは確かだ。

人さらいか、あるいは——と考えたけれど、不思議なことに痛みはなかった。強引に引っ張られはしたが、壁に押しつけられる際、きちんと力を緩められたようだ。

いったい誰が、と相手を凝視した瞬間、息を呑む。

パサリとフードが外れた。現れた人物を見て、目を見張る。

思い出に縋ろうとして、でも、甘えてはいけないと振り払ってきた黒髪の男性。ルビーレッドの瞳があまりに綺麗で吸い込まれそうだ。

（アルシェイド殿下⁉）

口元を塞がれているから、「んー！」と声が出るだけだ。そんなサフィアに向かって、彼はむうと頬を膨らませている。

（え？　えっ？　どうして殿下が？　こんな街中まで？　私を？）

わざわざ探しに来てくれたとか、そういうことなのだろうか。

いやしかし、そこまでしてもらう義理は——と思うけれど、アルシェイドはずっと不機嫌そうな顔をしたままだ。こちらをジッと睨みつけ、ぼそりと呟く。

「……顔色が悪い」

「えっ」

言われるまで自覚すらしていなかった。

いや、疲れは溜まっているものの、なんとか乗り切れているし、これくらいの疲れは以前から日常茶飯事だ。

「食事は摂っているのか？　睡眠は？」

「あ、えと、えーっと」

それはサフィアが、彼に聞きたかったことだった。だから余計に、自分はどちらもおざなりです、とは言いにくい。

沈黙は肯定だ。すぐに返事ができないでいると、アルシェイドはますます険しい表情になる。外れたフードを戻して、強引にサフィアの手を引いた。そのままズンズンと、裏路地を抜けていく。

繋いだ手が温かい。それに胸の高鳴りを覚えつつ、必死でついていく。

そうしてたどり着いたのは、一件の小さな宿だった。彼は勝手知ったる様子で受付を素通りし、二階へと上がっていった。

「ちょ、殿下⁉　お代は――」

「もう払ってある」

「え⁉」

どうしてと思う。なにがどうなって、事前に会計を済ませるような事態が発生するのか。

(今日、私があそこを通るって知ってたってこと？　え？　でも、どうして宿……⁉)

目を白黒させていると、ひとつ用意してあるベッドに強引に連行される。半ば強制的に靴を脱がされ、上掛けまで被せられた。

「寝ろ！」

訳がわからない。困惑しながらも、ゆっくりと上半身を起こす。

「私、この後もまだお仕事が」

「捻り潰せ」

「無理ですよ……」

サフィアの代わりなど用意してもらえない。今日はユリの身代わり業務ではなく、個人の仕事だから余計に。

「って、もしかして、私がひとりで行動するとわかっていてこんなことを？」

でなければ、こうもピンポイントに待ち伏せして、しかも宿まで取っている道理がない。

いや、さすがにそこまでは、と思うのに、アルシェイドはばつが悪そうに視線を逸らす。

しっかりと頬が赤くなっている。まさか、図星なのだろうかとサフィアは目を丸くした。

「あなたの業務については、ゼノに探らせた」

「ゼノ様が」

彼の調査能力は一流だ。ならば、ここまで正確に把握されているのも納得できる。

「忘れていると思うが、俺はまだあなたの番だ」

「……忘れるはずがありません」

むしろ、こちらも彼のことがあるから日々奮闘しているのだ。少し馬鹿にされているような気がして、ムッとしながら返事をすると、彼は目を細めて言い放つ。

「あなたの不調がわからない俺だと思うか？」

「あ……」

しかし、わかっていなかったのはサフィアの方らしい。

確かに、神環の番となったおかげで、常に相手の存在を感じられる。意識をすれば簡単におおよその位置がわかるし、不調なども筒抜けだ。そうでなくとも、ふんわりとそばにいてくれるような不思議な感覚があるのだ。

意識しなければ位置情報まではわからないから、サフィアはあえて意識を向けないようにしていた。だって、余計に寂しくなるのが嫌だったから。

でも、アルシェイドが瘴気中毒に冒されていた頃は、番となっていたせいで気が気ではなかった。四六時中、彼の苦しみがこれでもかというほど伝わってきたし、ずっと心配だった。けれども、今は逆だ。彼の方が心配になって、こうして確かめに来ずにはいられないくらい、サフィアは無理を重ねていたらしい。

（つまり、私を気にかけてくれていたってことよね）

嬉しいような、胸がギュッと苦しくなるような不思議な感覚。

アルシェイドのことを考えるといつもそうだ。どうにも気もそぞろになってしまうから、極力考えないようにしていたけれど。

（確かに、最近は魔力消費も大きくなってるから）

遠隔治癒魔法の練習として、魔力の無駄打ちが増えているのだ。一生懸命すぎて自覚は薄かったが、体は重いし、足どりもフラフラしている。

「無理に動こうとしたら、縛りつけてでも寝かせる。これ以上俺にヒヤヒヤさせるな」

「ヒヤヒヤ、してくださったのですか？」

「――っ、それは」

彼はウッと言葉に詰まるも、しばらくの沈黙ののち、大きく息を吐く。

「しないはずがないだろう」

はっきりと言い切られ、サフィアは目を瞬いた。

心臓がドクンと大きく鼓動し、ギュッと上掛けを握りしめる手に力が入る。

「突然来なくなったと思えば、教会にこき使われている様子だ。接触を図るとあなたに迷惑がかかるかと見守っていたが、いくらなんでも無理をしすぎだ」

「ですが」

「あなたの人となりはわかっているつもりだ。神環の番を解くための方法を、尽力して探してくれていたのだろう？　だが、無理をしすぎては元も子もない」

部屋の片隅に置いてある木の椅子を引き寄せ、アルシェイドはそばに座る。

もう一度サフィアを横たわらせ、たっぷりと頭を撫でてくれる。

優しい手つきだ。この大きな手が、こんなにも心地よく感じる日が来るとは思わなかった。

同時に、胸の奥にズキズキと不思議な痛みを感じて、サフィアは意識を逸らそうとする。

（だめ、サフィア。ちょっと心が弱っているだけよ）

この優しさにずっと甘えていたいなんて願ってはいけない。

彼とちゃんとサヨナラをするために、自分は頑張らなければいけないのだ。

「俺も俺で動いている。ゼノだって協力してくれている。あなただけが焦る必要なんてない。時間はいくらでもあるんだ」

それは違うと、言いたくて言えなかった。

（――私が、あなたの寿命を奪ってしまったんです）

だから、急がないと。

一日たりとも、あなたの命を消耗したくない。そんな言葉を伝えたくて、ぐっとこらえる。

そうするうちに涙が滲みはじめて、サフィアは慌てて彼に背中を向けた。

（ああ、だめ。すっかり心が弱ってる）

胸に宿る否定しようもない熱。

彼に会えなかった間、よほど寂しかったのだろう。今さらながら自分の感情を自覚して、サフィアは唇を噛む。

泣いているところなど見られたくない。面倒な女だと思われたくない。

どうか、神環を通してこの感情が筒抜けになりませんように。

サフィアがどれだけ、彼の言葉に一喜一憂しているかなんて知られたくない。だから上掛けで頭まですっぽり隠してしまうと、彼が静かに息を吐くのがわかった。

次の瞬間には、もう一度大きい手が落ちてきて、上掛け越しにサフィアの頭をぐしゃぐしゃとかき混ぜる。その力強さにもっと泣きたくなって、サフィアは背を丸めた。

なにもうまい言葉が出てこない。子供みたいな反応しかできないのが悔しいけれど、声を出したら泣いているのがバレてしまう。だから、こうして隠すことしかできない。

だんまりの構えになったのを察したのだろう。アルシェイドはそのままなにも言わず、ずっと頭を撫でてくれていた。

――そうするうちに、眠ってしまったらしい。

気が付けば朝になっていて、部屋のテーブルには簡単な食事と手紙が一枚置かれていた。

『教会にはうまく伝えてある。心配いらないから、ゆっくり休んでから戻るように』

彼が手配してくれたらしいスープとパン、それから卵にハム。どれも美味しくいただいて、教会へと戻る。

どういう方法を使ったのかはわからない。

けれども、昨日サフィアが向かわなければいけなかった治療先は、すべて別の聖女が向かってくれていて、サフィアは一件目の治療先にて疲労で倒れ、ひと晩世話になったことになっていた。

昨日出向いた先は、平民ではあれどかなり有力な商人の家だったこともあって、なんと教会に苦情を入れてくれたのだとか。優秀な聖女を酷使しすぎなのではないか、と。

おそらく、アルシェイドが手を回してくれたのだろう。

彼は存在を隠している身だ。こうして手を回すには、骨が折れたのではないかと思う。

それでも、ひと晩、サフィアがゆっくり休む時間を取るためにこうも尽力してくれたのが嬉しくて、胸がいっぱいになる。

久しぶりに彼と出会って、心が満たされたからか、翌日には今まではないくらいに魔力も充ち満ちて、力が溢れてくるようだった。

第五章　甘い誘拐

「はぁ……」

ため息が止まらない。

アルシェイドは手にした本を置き、ふと窓の外に視線を落とす。

見慣れた森の中の景色だ。一時期は毎日、この窓から彼女がやってくるのを待っていた。

サフィアの温かな気配が近づいてくると、どうもソワソワと落ち着かず、まだ到着するわけでもないのに窓の外を探していたのだ。

今だって、ふとした時に家の中に彼女の存在を探してしまう。

彼女が毎日通ってきてくれていた頃、そんなに働かなくていいと言うのに、くるくると動く彼女をつい目で追いかけていたのは事実だ。

どうしても放っておけず、家の中で付きまとってしまったことも、ゼノにちょっかいを出されて、柄にもなく躍起になったこともある。

彼女はこの体を癒やしてくれた恩人だ。認めていないとはいえ、神環の番でもある。しかし、それ以上でもそれ以下でもないつもりだったのに。

彼女が教会の業務に戻り、もうこの屋敷を訪れるなど、そうそうないことはわかっているのに、毎朝、彼女が来るはずだった時間には、外の景色を眺めてしまう。

（厄介なことだ）

意識の全部が、サフィアに囚われている。

（落ち着かない）

こんな感情に振り回されるのはごめんだ。やはり、早く関係性を解消しなければいけない。

だって彼女がかわいそうだ。そう思い、王城の図書館から借りてきた大量の書物と向き合いながらも、今ひとつ頭に入ってこない。

（…………あれは、泣いていたんだよな）

ほんの二日前のことだ。

宿で背中を丸め、ぐし、と鼻を啜るサフィアに向かって、どう声をかけたらいいのかわからなかった。

許されるなら、後ろから抱きしめ、この手で涙を拭ってあげたかった。

健気に頑張る彼女の頭を撫で、もう無理をするな、休んでいいと、この家にまで連れ帰ってきたかった。

けれども、わずかに残った理性がそれを留めた。だって、アルシェイドには、そんな権利はないのだから。

「よっ！　今日も辛気くさい顔をしてんな、アル」

「ゼノか」

突然ドアが開いたかと思えば、ひょこっと三角耳の獣人の男が現れて、アルシェイドは目を細める。

音もなく人の屋敷に勝手に侵入するのはどうかと思うが、彼のこの強引さに救われた部分もある。すっかり慣れてしまっていて、わざわざ咎める気にもならない。

壁に向かって設置してある机から、椅子ごと彼の方へと向き直る。ゼノは慣れた様子で部屋に入ってきたかと思うと、ドカッとソファーを占拠した。

「ンだよ。そんなに心配なら、今日も様子を見に行きゃあいいじゃねえか」

「俺が直接、教会に足を運ぶわけにはいかないだろう？」

「あれだけ色々根回しして、関与しまくって、今さらじゃねえ？」

先日のことを言っているのだろう。サフィアに強引に休息を取らせるために、彼女の治療を受けたことのある貴族や商人たちの手を借りた。

アルシェイドは王家を中心に、信頼できる者から順に瘴気中毒が治ったことを伝え始めている。教会にはまだ知られぬよう、裏で色々根回しを続けていた。そうすることで、入ってくる情報もある。

サフィアに治療してもらった者は多い。このところは特に貴族が増えてきて、彼女の治癒魔法の腕はかなり噂になっている。

表向きには渡り人であるユリとやらが治療を施していることになっているが、わかる者にはわかる。あれは本当は誰だ、と噂が流れ、興味のある貴族が秘密裏に探らせた。その流れで、教会が秘匿していたサフィアの存在が浮き彫りになったのだとか。

そこに今回、アルシェイドからも要請したことで、貴族間で評判になりつつある彼女と、極秘裏にアルシェイドの瘴気中毒を治した女性が同一人物だと合致した。

貴族は貴族で、サフィアの存在が使える、と判断したわけだ。

昔から、治癒魔法を独占する教会のことをよく思わない貴族は一定数存在する。利害が一致した結果、彼らとアルシェイドで、今の教会の実状を共有するようになったわけだ。

とはいえ、貴族側にも教会寄りの人間は大勢いる。ロレンスを輩出しているナルクレヒト侯爵家は最たるものだ。彼らに知られないように、細心の注意を払いながら、地盤を固めている最中だ。

だから、サフィアが一日や二日休んだところで、言い訳ができる環境くらいは用意してあげられた。

（というか、もう少し俺を頼れ。あの頑固者）

なんて、文句すら言いたくなる。

いや、彼女がなんでも自分で解決しようとする性格なのは重々承知しているし、アルシェイドに対しては一歩どころか二歩、三歩と引いたところがある。どうも、神環の番になってしまったことを自分のせいだと思い込んでいて、責任を感じすぎているのだ。

(俺たちは運命共同体なのに)

期間限定ではあるが。

それでも、頼ってもらえないのは寂しい。

(俺はそんなに頼りがいがないか？　それとも、彼女にとって俺はその程度の存在なのか？)

などと考えると、ますます気持ちが沈む。

自分ばかりが彼女に気を取られているようだ。ぐるぐる渦巻く感情をどうにもできないでいると、ゼノがわかりやすく肩を竦めた。

「そんなに気になるなら、もう教会から奪っちゃえばいいじゃねえか」

「それは……」

もう、何度も考えた。

屋敷の中でくるくる動く彼女を探して――でも、その姿が見えなくて落胆する。彼女がいなくなってからずっと、それを繰り返して、疲れてしまった。

ゼノが来るたびに教会内で過ごす彼女の様子を聞いて、どうして自分は直接彼女の姿が見られないのだとより落ち込むのだ。

「オレは盗賊だからァ？　奪っちゃうなあ、欲しいものはすぐにでも」

「お前と一緒にするな」

「あのさあ、アル。お前、今、どんな顔してるかわかってる?」

わかっているつもりだ。ひどい顔をしているのだろう。

嫉妬と、後悔と、責任に雁字搦めにされた情けない男の顔だ。

「彼女は教会で頑張ると言ってくれた。俺が邪魔してはいけない。それが道理だろう?」

「それ、本当にあの子の望みか?」

「は?」

ズバッと言い切られ、アルシェイドは目を瞬いた。

「アレだろ? 番の解消方法を教会で探るから、まだ向こうにいさせてくれってヤツだろう?」

「そうだが」

「でもさ、あの子がそう考えるのって、当然っつーか。それ以外、あの子が言えることがなかっただけじゃね?」

「…………」

ゼノの言葉を噛み砕くのに時間がかかる。アルシェイドは口を閉ざし、サフィアの顔を思い浮かべた。

「お前は元々、地位も権力も人脈も持ってるから、色々できるさ。でも、彼女にはなにもない。唯一、自分ができることを挙げるしかなかったんじゃねえの?」

「それは」

確かにそうかもしれない。

責任感の強い彼女のことだ。なにか自分にできることをしなければと考えるのは当然で、教会内で頑張ることしか選択肢はなかった。

ヒヤリとした。背筋に冷たい汗が流れる。

「もしかして、俺が追い込んだ……？」

ああそうだ。最初は強迫まがいのことをして、絶対に神環の番を解消するよう強要した。彼女はそのために全力を尽くそうとしてくれた。

となると、教会内で頑張るしかない。それを彼女が望んでいる望んでいないにかかわらずだ。結果として、ロレンスとあのユリとかいう渡り人に振り回され、フラフラになるまで自らを酷使している。

「…………っ」

ギュッと拳を握りしめる。

なにもわかっていなかった。ああ、自分はなんということをしてしまったのか。

考えようともしてこなかった自分が情けない。無理をするなと言う一方で、頼ってくれないことを責め、遠回しに彼女を追い詰めていたのだ。

「あとさ。もうひとつ聞きたかったんだけどよ、お前、番関係解消したらどうするつもりなんだ？」

「え？」

「あの子のことだよ」

「それは、当然――」

途中まで言葉を発して、はたと止まる。

当然、なんだ。

「…………」

漠然と、ずっと一緒にいられると思っていた。

彼女のいるこの屋敷が心地よくて、それが当たり前になっていて。

でも、彼女の姿が屋敷から消えて、空虚な時間が流れはじめた。そんな中、アルシェイドを慰めてくれるのは、ひとつの願いだ。

いつか、彼女と番関係を解消したら、彼女は教会にいる必要がなくなる。アルシェイドは改めて彼女を迎え入れて、この家で一緒に――。

(――一緒に、どうなる？)

愕然とした。

だって、そんな未来の約束などない。なにもない。

「捨てるのか？」

ゼノのひと言に、全身の血が引いた。

ガタッと立ち上がり、絶叫に近い声をあげる。

「捨てるはずがないだろう‼」

目の前が真っ赤になって、叫ばずにはいられなかった。

「俺が彼女を捨てる？　ありえない！　あってたまるか、そんなこと！」

「だが、サフィアは捨てられると思っているぞ。まあ、どっちかっていうと、赤の他人に戻るっつーか？」

「そんな」

「だって、教会にもいられなくなるだろ？　行くあてもなくなる。それくらい、覚悟してるだろ。捨てられるのと同義さ」

「俺はそんなつもりはない！」

「だったらどういうつもりなんだ」

ゼノの視線が刺さる。

どういうつもりかなんて、そんな、と回らない頭で考える。

（――なんだ。いや。俺は、ただ）

よろよろと後ろに下がると、椅子の縁に膝が当たった。そのまま力なく座り込み、項垂れる。

「この屋敷で、一緒に……」

「使用人として？」

「…………」

いや、違う。そうじゃない。

そうではないけれど、考えて、絶望した。

彼女とともに暮らすのは、きっと素晴らしいものだろう。しかし、彼女はただの人だ。

竜血の流れる自分とは違う。いずれ彼女は老い、命を落とすだろう。

(俺は、彼女を看取れるのか?)

遠い未来の彼女の姿を想像しようとして、脳が遮断する。

無理だ。そんなもの、許せない。アルシェイドの全身が拒否をする。どうあっても彼女は手放せない。

「考えなしの頭でちゃんと考えろ。いいか? 一度だけ聞く。――アル、お前、本当に番関係を解消するつもりか?」

その答えを、アルシェイドはもう持っている。

こんなに気が逸ることなどなかった。

アルシェイドは豪華絢爛な廊下を大股で進んでいく。本を借りるために、この広い王城の敷地内には何度か訪れていたけれど、本館に入るのは久しぶりだ。

珍しい人物の登城に人々が振り返ることなど気にも留めず、アルシェイドは廊下の中央を闊歩していった。

やがて目的の扉が見え、警備の兵たちが制止するのを押しのけ、強引に開け放つ。

「お前」

部屋の向こうにいるのは、自分とよく似た顔の、しかし、色彩はまるで正反対の男たちだ。

華やかな金髪に碧い瞳。アルシェイドが月に愛された男だとすれば、彼らは太陽に愛されている。なるべくして、この国の上に立つ人間となったとも言える、王とその後継。

国王イズラン・ノイエ・ライファミルと、王太子ジグリウド・ノイエ・ライファミルである。

ふたり一緒とは話が早い。

「父上、兄上、サフィアは俺が引き取ってよろしいか！」

サフィアに関する報告はすでに上げている。

しかし、その言葉の意味を正確に読み取ったらしいふたりは、はっきりと表情を変える。

「彼女は光の神環持ちで、教会の秘蔵っ子だ。それをわかって言っているのか？」

「当然です。だから、教会とぶつかる許可をください」

こちらの本気が伝わったのだろう。国王であるイズランは、厳しい目をして尋ねた。

「それは、どういう意味で言っている？」

「――俺の妃に。彼女を望みます」

＊＊＊

どこからともなく、魔力が湧き出してくる。

最近すっかり、その事実を実感することが増えた。

（不思議ね。アルシェイド殿下とお会いしてから、余計に力が溢れてくるみたい）

神環の番としての恩恵だろうか。彼と交流することで、不思議な祝福に満たされているような感覚がある。

これほどの劇的な変化には、なにか理由がありそうなものだがちっともわからない。

ただ、今はこの魔力がありがたい。

（大丈夫。私、頑張れそう）

鍛錬を繰り返す中で、遠隔治癒魔法は、この体内に宿る大量の光の魔力があれば可能であることをすでに突き止めた。覚えたてで不安定ではあったが、今日のサフィアは、不思議と自信に溢れていた。

（それに、もし失敗しても、どうとでもなるもの）

ユリは怒り狂うだろうし、サフィアもなにか罰が与えられるだろう。でも、不思議なもので、今はちっとも怖くなかった。ユリの面目は丸つぶれになるが、それはそれでおもしろそうだとすら思えてきてしまう。

（……私も随分と変わったわよね）

正直、性格が悪くなったかもしれない。でも、なんだか晴れ晴れとした気分だった。

サフィアはしっかり顔を上げて、今日、市民に開放される大教会のホールを見上げる。

気温は低いが空はよく晴れていて、どこか心地いい風が吹いている。

（うん、いけそう）

一切の曇りない心で、会場に足を踏み入れた。

開場前から、大教会の外には長蛇の列ができていた。もともと開放日は市民が殺到しがちだが、今日はいつにも増して人が多そうだ。

渡り人であるユリが市民の前に顔を出すことが周知されているからだろう。多くの人々の関心が集まり、こうして押し寄せている。

（興味本位の野次馬も多そうね）

特に治療の必要のない人が、仮病を装ってやってくることはゼロではない。それをあしらうのも聖女の仕事だが、ユリはうまくやってくれるだろうか。

とにかく、サフィアはユリの後ろに控えて大人しく治療を進めるしかない。

開場時間となってから、市民の治療は思いの外順調だった。

サフィアの訓練は功を奏し、無事に遠隔で治癒魔法を行使できたのである。

いつもよりも魔力消費量は大きいが、それもコントロールできるようになってきた。

やはり数をこなすのがよいのだろう。今日一日だけでさらに経験が積み重なり、魔力消費は従来の一・五倍くらいに抑えられるようになった。

習得し始めの頃は三倍くらいかかっていたから、かなり成長できた気がする。

（こればかりは、ユリ様に感謝ね）

本当に、彼女の予言の力は本物なのだ。

おかげで、こんなにも素晴らしい技術を習得できたのは事実なのだから。

（……でも、意外ね）

皆の治療が順調に進んでいるのには別の理由もあった。

「おお、足が！　痛みが消えていく！　渡り人様、ありがとうございます！」

「ふふ、元気になってよかった。あなたの笑顔が見られて嬉しいわ」

艶やかな黒髪に、黒曜石の瞳。今日は聖女らしい足元までのローブを纏い、たっぷりとレースの入った薄いベールをつけている。

まさに神秘的な異世界の少女といった風貌のユリが、優しく微笑んでいる。こうして見てみると、正しく救世の大聖女様だ。

ユリがやる気だったのは本当らしく、誰に対しても優しく、柔らかに接しているのだ。そうすることで、市民も大いに感動し、彼女に感謝を述べて去っていく。

感謝を向けられるのは素直に嬉しいのか、ユリの表情も自然と綻び、それが好循環となっているのだ。

少し、彼女を侮りすぎていたのかもしれない。先入観で申し訳ないことをしたなと思いつつ、サフィアは少し離れた後ろから治癒魔法を行使していく。

かと思えば、突然、予想外の歓声が沸き起こった。

「おおおおお！　すごい！　なんだこれは⁉」

「他の聖女様と全然違う！　すげえ！」

当然サフィアも、ユリの様子を見ていたため、なにが起こったのかバッチリ理解した。

（ううん、やっぱりユリ様はユリ様ね……）

ユリはセオリー通りに患者に手で触れる真似事をする。その際、光の魔法を違う形で使用しはじめたらしい。キラキラと細やかな光が患部に放出され、集束している。その演出に、周囲がどよめいているのだ。

（光の魔力がどれだけ貴重か、ユリ様は全然わかっていないのね）

少なからずモヤモヤする。

正直、遠隔治癒魔法により、サフィア自身が無駄に魔力を消費していることにすら思うところがあるのだ。注目を集めるために光を放出させるなど、なにを考えているのか。

（その余剰魔力で、本来ならばどれほどの人が助けられると思ってるの？）

あまりに歯がゆい。

四年前の大瘴気から後、サフィアは大勢の人を看取ってきた。

前線を走り回り、助けたくても自分の魔力が足りなくて間に合わなかった人もいた。その時の光景が脳裏に蘇り、キュッと唇を噛む。

（ううん、だめね。今は大人しくしておかないと）

厚手のベールを目深に被り直し、サフィアは魔法を行使していく。

ぼんやりしている暇はない。今日は、いつもよりも大勢の市民たちを助けなければいけないのだ。

他の聖女たちも総出で頑張っているけれど、やはりユリの代わりをするサフィアの負担が一番大きい。今は集中して、少しでも魔力を無駄に使用しないよう効率を上げていかなければ。

そう思っていると、前にいるユリの肩がビクッと震えた。

「ああ、渡り人様。お願いします。もう、体に感覚があまりないんです！」

足元の覚束ないフラフラの男性がやってきた。中年だと思われるが、伸びっぱなしの髭と薄汚れた肌では、正しい年齢などわからない。

まともに食事ができていないどころか、住む場所もないのだろう。服もヨレヨレで、汚れきっている。プン、と独特の匂いが周囲に漂い、顔を顰める者も少なくない。

男性が腕まくりをすると、爛れた肌が現れた。おそらく、傷口をそのまま放っておいたものだ。広範囲がひどく化膿して、すっかり変色してしまっている。

（ひどい……！）

サフィアは息を呑んだ。あれはつらかろう。すぐに治してあげないと、と魔力を練るも、ユリは動こうとしない。

「嫌っ！　来ないで！」

それどころか、彼女は手を振り払い、体を捩る。

その時の彼女の表情。嫌悪感すら隠そうとしていないのが見えた。強い拒絶の言葉を発し、一歩、二歩と後ろに引く。片手で鼻と口元を多い、ブンブンと首を横に振る。

「貴様！　ユリ様の手前、もう少し身なりを整えてこないか！」

すっかりユリの信者となった赤髪の聖騎士が声を荒らげる。

しかし、はっきりとしたユリの拒絶に、すでに周囲の市民も顔色を変えていた。驚きと、落胆。その両方の色を滲ませて、絶句している。

それもそうだろう。市民に対するこの態度は、高位貴族出身の聖女たちがよく見せる反応とまったく同じだったから。

聖女は高位貴族出身の令嬢が多い。貴族の方が遺伝的に魔力を豊富に持った子供が生まれやすいからだ。結果として、聖女にも貴族が増える。綺麗なものに触れ、育った彼女たちは、下町に住む者に対してたびたびこのような態度を取る。

聖女たちにすら蔑まれることに慣れてきた民も、渡り人ならばと期待していたはずだ。異世界の聖女様は、きっと、どんな人間でも平等に診てくれると。

(期待していた分、余計にがっかりしてしまうのよね)

気持ちはとてもよくわかる。教会の中にいて、平等に扱ってもらえない自分のこともあるかならなおのこと。


この騒ぎが聞こえたのか、少し遠くで見守っていたロレンスが慌てて合流した。すぐに状況を把握したようで、責めるようにユリを見つめる。

「ユリ」

治療をしなさい。そう目が訴えかけていた。

「え? あ、でも……」

ユリの手が震えている。

基本的にユリも、触れなければ治療ができない形で貫き通している。だからこそ、患部に目を向け、ふるふると首を横に振った。

嫌だ、という直接的な言葉は投げかけないものの、全身で治療を拒絶している。

「っ、そうよ! アナタ! アナタがやりなさい! 先ほどから突っ立っているだけで、なにひとつ力なんて使ってないもの! 魔力はあり余っているでしょう!?」

サフィアを指差し、そう命令したところでハッとした。

焦りすぎてすっかり素が出てしまったようだ。あまりに強い口調に、ますます周囲の民たちの顔が青ざめる。

「どういうことだ」

「やはり、渡り人様も我々には……」

口々に、落胆の声が漏れはじめ、ユリは狼狽える。

「ち、違うわ。あ、あたしは……」

ぶるぶると震えながら、患者に近づいていく。怯えながら再度患部に触れようとするも、やはり耐えきれなかったらしい。

「やっぱり無理よ！」

すんでのところで後ろに引き、ブンブンと首を横に振る。

「聖女は自分で自分の治療をできないのでしょう⁉　アレが移ったらどうするのよ⁉」

「その時は別の聖女が――」

「無理よ無理！　こんなの、聞いてなかった！　こんなにひどい場所なら、先に教えておいてくれてもいいじゃないっ‼」

とうとう我慢しきれなくなったのかしっかり癇癪を起こし、ユリは拒絶する。

すると、彼女を護らんと赤髪の騎士が前に飛び出し、男を突き飛ばした。男は力なくその場に倒れ、怯えるように身を丸める。

「なんてことを！」

こんなの、見ていられるはずがない。

考えるより前に、体が動いた。サフィアは咄嗟に前に出て、男性の前にしゃがみ込む。

「大丈夫ですか!?」

「え、あ、ああ」

床に倒れ込んだままの男性の背中に腕を回し、そっと上半身を起こした。そうして、彼の腕の傷を間近で見る。

「っ、ひどい傷。今日までよく耐えましたね」

サフィアはくしゃりと目を細めた。

お金がなく、開放日でないと来られなかったのだろう。かなり長い間、化膿した体を放置しなければいけなかったはずだ。日に日に朽ちていくのを自覚しながら過ごす日々がどれほど苦しかったことか。サフィアはすぐに手をかざし、魔力を集中させる。

遠隔で治療するよりも、触れる方がずっと治療効率が上がる。キュッと唇を噛みしめ、丁寧に光の魔力を注いでいく。そうするうちに、男性の傷はみるみると塞がり、変色した肌も戻っていった。

よかった。綺麗に治った。サフィアは額の汗を拭いながら、ホッと息を吐く。

「お、おおお、おお！」

「どうです？　手は動かせますか？」

「動かせる！　指先もずっと痺れていたのに！　なんともない‼」

男性の歓喜の声に、周囲からわっと明るい声があがる。

「よかった！」

「聖女様、さすがだ‼」

たちまち、先ほどまでユリに向けられていたはずの称賛が一気にサフィアに向けられた。

このようなことは初めてだ。なんだか気恥ずかしくて「いえ」と細々と呟くので精一杯だった。照れ隠しに次の人を通して、開き直ってサフィア自身が治療をしていく。

ユリはずっと、後ろで震えたままだった。立場を取って代わってしまって、彼女は怒るだろうか。

けれど、やはり今日は大事な市民開放の日なのだ。時間だって限られているし、少しでも多くの人を治療してあげたい。ユリに遠慮してもたもたしているわけにはいかない。

しかし、事件はそれだけでは終わらなかった。

「大変だ‼」

誰かが外から駆け込んできて、大声を張り上げる。

「隣の建築現場で事故だ！　大勢の人が巻き込まれた！　助けてくれ‼」

皆が一瞬で顔色を変えた。

現場に駆けつけると、周囲には人だかりができていた。建築現場の足場が崩落しており、何人もの職人が中に閉じ込められているらしい。

崩れた足場をのけるために、周囲の人々が協力し「せーの！」と声をかけている。そうして閉じ込められた人々を救出していくも、周囲にはプンと血の匂いが立ち込めていた。

あまりに凄惨な状況にサフィアは絶句する。

後ろから駆けつけてきたユリも同じようだった。「ヒィッ！」と声をあげ、口元を押さえている。

「あれは！　渡り人様だ！」

「もう大丈夫だ、渡り人様がいらっしゃった！」

ユリのことは、すでに周囲には評判になりつつあったらしい。ユリの姿を見つけた市民のひとりが歓喜の声をあげ、野次馬たちが道を空ける。

「お願いします。渡り人様、助けてください！」

「仲間が巻き込まれたんです！　どうか‼」

「俺の息子も！　息子も下敷きに！」

縋るように囲まれて、ユリは表情を引きつらせた。そのまま前に進んで行くも、真っ赤に染まった現場に足が止まる。

恐怖で顔を強張らせ、その場から一歩も近づけなくなってしまった。

「っ、ユリ様になんというものを見せるのだ‼」

赤髪の聖騎士が逆上している。あれでは現場を余計に混乱させるだけだが。

(今は構っていられない！)

サフィアは走った。野次馬たちを押しのけ、怪我をして呻く人々のもとへ駆けていく。

こういう時は、重傷の者から見ていくのがセオリーだ。多くの血が流れて判断が難しいが、少しでも冷静になれと自分に言い聞かせる。

「ユリ様！　手伝ってください！」

声をあげた。すぐに、自分ひとりでは間に合わないと判断したからだ。

「えっ」

「目の前の人を助けなくて、なにが聖女ですか！　いい加減腹を括って、助けてください‼」

それ以上、彼女にかける言葉は見つからない。あとはロレンスでも誰でもいい。ユリの説得は任せた。サフィアはまだ崩れている現場の方へ意識を向ける。

外に倒れている人の命に別状はなさそうだ。となると、危険なのは取り残されている人々のはず。

「まだ中に人が？」

瓦礫で中はよく見えない。現場の人々に状況を確認する。

「ああ。ここは俺たちが瓦礫を押しのけるから、聖女様は助かった者たちの治療を」

「いいえ」

状況は見えないけれど、躊躇している暇はない。おそらく、最も命の危機に瀕しているのは、取り残された人々だ。サフィアは厳しい目で瓦礫を睨みつけ、声をあげる。

「聖騎士様！　どなたか力を貸してください！　魔法で、瓦礫を！」

人力でどうこうするよりも、絶対に効果的だ。教会所属の聖騎士には魔法に長けた人も多いはず。

土魔法で固めて、これ以上崩れないように保つのでも、風魔法で持ち上げるのでもいい。とにかく、大規模な魔法を使える人間はいないだろうか。

（私にその特性があれば）

悔やんでも仕方がない。各属性、それなりに使えるが、基本は光属性の人間だ。ここまでの規模の魔法は難しい。そして今、サフィアの魔力は一滴も無駄にはできない。

（集中して。集中――！）

震える手で、瓦礫の向こうに手をかざす。

「聖女様、いったいなにを」

戸惑いの声が聞こえるけれど、気にしない。今は、瓦礫の中にいる人のためにこの力を使いたい。

「西側に、ふたり。それから、私の正面奥、二メートルくらい先にひとり。さらにその奥にも。

命、命は――」

ギリギリだ。まだ死んではいない。声をあげることも難しそうだが、生きている。

「聖女様、それは」

「今言った場所に人がいます！　そこを重点的に！　早く！」

見つけた人数は九名。それぞれ人を散らせて、救出に向かわせる。そしてサフィアは、さらに魔力を練った。

「彼らの命は私が保たせます。だから、早く！」

遠隔治癒魔法を習得しておいてよかった。

今体内に残った魔力をすべて放出すれば、九名なら一気に治療できる。

惜しみなく治癒魔法を放出すると、ほとんど意識がなかった人の悲鳴が建物の中から聞こえ出した。

「あああああ！」

「助けてくれ！　痛い――痛いっ‼」

あまりに悲痛な叫び声。それが、サフィアだけでなく周囲の人々をも不安にさせる。

でも、どれだけ残酷でもやらなければいけないのだ。

ああ、なんてことをしてしまっているのだろう。

せめて、痛覚を麻痺させてあげられたら。

（ごめんなさい、ごめんなさい……っ）

彼らはまだ、瓦礫に押しつぶされている。この状況で治癒魔法を施せば、その痛みがより鮮明に伝わってしまうだろう。このショックで亡くなる人も多いという。

きっと苦しいはず。でもお願い。それも全部、治すから。どうか耐えてと歯を食いしばりながら魔法を行使し続ける。

「声が聞こえる場所だ！　急げ‼」

まだ助けは来ない。人力では限界があるのに。早く。お願い、早くと祈りながら、願いながら、魔法を行使し続ける。

「っ、聖女様！」

その時だった。建物の大きな瓦礫が、サフィアの方に目がけて倒れてきたのだ。

それはスローモーションのように見えた。

ああ、だめだ。動けない。声すら出ない。

確実な死を覚悟したその時、サフィアの目に黒い影が映った。

「サフィア！」

こちらに呼びかける強い声。次の瞬間には倒れてきたはずの瓦礫は粉々に吹き飛ばされ、サフィアの体は誰かに抱きしめられている。

（え……？）

ここにいるはずのない人の姿に、サフィアは言葉を失う。

（どうして）

夜の色を纏った黒い髪に、ルビーレッドの瞳。スッと通った鼻筋に、薄い唇。まるで人工物のように整った顔の男性が、サフィアを抱きしめている。

「殿下」

「この馬鹿‼」

「っ」

開口一番怒鳴りつけられて、サフィアはビクッと震えた。

「一生懸命なのは結構だが、あなた自身の命は――」

説教を始めようとするも、彼もボヤボヤしている場合でないことは承知しているのだろう。

「くっ！」

崩落した足場の方に手をかざしたかと思えば、足場だけが粉々に砕けて塵となり、崩れ落ちていく。

それはあっという間の出来事だった。塵芥は綺麗さっぱり消滅し、中に倒れた人々が見えた。

周囲の者たちは雄叫びをあげ、取り残された者たちを引きずり出そうと駆けていった。

危機は脱した。しかし、まだ彼らが助かったわけではない。だからサフィアも、ぼんやりしているつもりはなかった。

アルシェイドの腕を振り払い、彼らのもとへ駆けつける。そうしてひとりひとり手を握りながら、全身を丁寧に、傷ひとつなく治療していった。

痛みとショックで気を失っている者も多いが、これでもう大丈夫だろう。命に別状がないことを確認してから、サフィアはほうっと息を吐く。

安心すると腰の力が抜け、その場にへたり込みそうになったところを抱きとめられる。

アルシェイドだ。心配で、ずっとそばで見守ってくれていたらしい。

「あ、あは。えっと、すみません。ありがとうございます」

ようやく色々考える余裕が出てきた。そうなると、先ほどの事態を正確に理解して、震えはじめる。

「あ、あれ……？」

どうしよう、震えが止まらない。

そうだ、下手をするとサフィアが死ぬところだった。

今さらながらその事実をはっきりと理解し、恐ろしさに心臓がギュッと痛んだ。

「すみません。私が死んだら、殿下も」

「そうじゃない！　ああもう、あなたは本当に！」

「え？　ええ？」

なぜか、サフィアよりもアルシェイドの方が震えている。

サフィアをギュウギュウに抱きしめて、苦しくてたまらないといった表情で、ずっと。

（心配、してくださったんだ）

キュッと唇を噛みしめ、サフィアもゆっくりと彼の背中に腕を回した。

広い背中だ。そういえば、抱きしめられたことは何度かあったが、サフィアが抱きしめ返すのは初めてかもしれない。

その逞しさ、温かさに心が凪いでいく。そうして彼の胸に顔を埋めると、彼は大きな手で頭を撫でてくれた。

何度も、何度も、存在を確かめるように頭を撫でられる。それが心地よくて目を細めると、ぽかんとして見守っていた人々も次々と声をあげていった。

「すごい！　聖女様！」

「助けてくださってありがとうございます！」

「っていうか、あの方」

「殿下!?　アルシェイド殿下じゃないのか？」

注目されているのは、サフィアだけではない。当然アルシェイドもだ。

「瘴気中毒で引き籠もっていらっしゃったんじゃ」

「いや、しかし、俺たちを助けてくれたぞ」

「さすが英雄様だ！」

かつての栄光は色あせない。

長く不穏な噂が流れていたけれど、人々は目の前で起こった光景を信じることにしたらしい。たちまち歓声が広がっていき、皆、手を叩いて彼を讃えた。

悪い噂など全部どこかへいってしまった。それがたまらなく嬉しく、サフィアも顔を上げる。アルシェイドも戸惑った様子だったが、目が合うと、ふと表情を緩めてくれた。しかし――。

「闇様!」

ひときわ大きな声が聞こえた。まさに感極まったとばかりの女性の声だ。

「やっぱり! 闇様なのね! こんなところに‼」

ユリである。黒曜石の瞳をキラキラと輝かせ、弾んだ足取りで駆け寄ってくる。

「アルシェイド様と仰るのね⁉ アルシェイド様! あたし――」

勢いのままこちらに飛びつこうとした彼女を、アルシェイドは一瞥した。次の瞬間には透明の結界が現れ、彼女が阻まれる。

結界に顔の正面からぶつかったらしく、彼女はへぶっと声をあげた。

「ったたたた、痛ぁい!」

涙目になりながら、鼻を押さえている。しかし、それくらいで彼女はへこたれない。

「アルシェイド様ったら、そんなに照れなくても。あたしユリです。渡り人で、あなたの番になる」

「は？」

聞き捨てならないとばかりに、アルシェイドは表情を強張らせた。

見たことのない顔をしている。強い拒絶を現す絶対零度の瞳だが、それを向けられたユリの方はなぜか余計に瞳を輝かせている。

「っ、ゾクゾクするその顔！　やっぱり、闇様に違いないわっ！　あの！　あたし闇様、ううん、アルシェイド様を助けるためだけにこの世界にやってきたんです！　アルシェイド様、これは渡り人の予言です！　あなたは三十年後、瘴気中毒が原因で闇堕ちします。だからあたしの力で」

「へ？」

「瘴気中毒など、もう治ってしまったが？」

想像だにしなかったのだろう。ユリが口を開けたままピタッと固まった。

「――彼女の。サフィアの力でな」

甘い声だった。

わざわざユリに見せつけるようにくるりと反転させられ、腰を抱き寄せられる。

（え……？）

そのまま頬にキスをされたものだから、サフィアの時間はピタッと止まった。

今、なにが起こったのだろう。

周囲から黄色い声があがった。男性も、女性も、この場に居合わせた人々が、好意を持ってこちらを見守ってくれているのはわかるのだが。

（え？　えっ？　キス？　なに？　私、今、キスされて……？）

サフィアの頭は真っ白だ。

いや、キスといっても頬だ。いわゆる親愛の証のようなものだとは認識しているが、いつの間に彼はこんなに甘い態度を取るようになったのだろう。

意味がわからなくて狼狽するも、目の前のユリもまた、動揺しているようだった。

「え？　なに？　どういうこと？」

こちらを指差したままわなわなと震えている。

いや、それはサフィアの方が聞きたい。

いったい何事かと、アルシェイドの方を見上げると、アルシェイドは余裕の表情で口の端を上げる。その時のクールな微笑みがあまりに素敵で、心臓がドキンと大きく鼓動した。

「それに番だって？　なにを言っているんだ？」

アルシェイドはサフィアの手を取った。皆の目の前で、するりと手袋を剥ぎ取ってしまう。

あ、と思った時にはもう遅い。彼はわざわざ見せつけるように、サフィアの光の神環に口づけをする。

「闇の神環の持ち主である俺の番は、光の神環に選ばれた彼女サフィア・リアノーラしかいない。名前も知らぬ君が番だと？　冗談も大概にしろ」

ますますサフィアは固まった。

アルシェイドが、とんでもないことを口走っている。こんなにも大勢の前で、神環の話を暴露され、頭が全然ついていかない。

サフィアがついていけないのだから、ユリも当然だろう。大きく目を見開いて、わなわなとこちらを指差してくる。

「え？　番？　このモブ聖女が？　アルシェイド様と？　どういうこと⁉」

どういうことかと問われれば、言葉の通りとしか言いようがない。ただ、サフィアの頭も真っ白で、なにも言葉が出てこない。

「殿下！」

これに慌てたのはロレンスだった。

神環の持ち主はこの国ではロレンスひとり。それが彼にとっての絶対的なアイデンティティだったはず。それなのに、ふたりもいることをこんな大勢の前で主張され、穏やかではいられないといったところか。

アルシェイドだけが涼しい顔をしたままだ。

「ああ、大神官殿、ちょうどよかった。サフィアだが、どうも教会では、神環の持ち主である彼女に相応しい環境が用意できないと判断した。今の教会に置いておくわけにはいかないから、このまま俺がもらい受ける。異論は聞かぬから受け入れてくれ」

「な……！」

ロレンスだけでなく、ユリも、そしてサフィア本人も目を剥くが、アルシェイドはどこ吹く風だ。次の瞬間にはサフィアを抱き上げている。

「ちょ、殿下⁉」

「重症患者はもういないな？　サフィアは先ほどの救出で力を使い果たしている。あとは他の聖女たちと——ああ、そこに稀代の力を持った渡り人とやらもいたか。彼女に任せて構わないだろう？　先ほども見ているだけだったんだ。魔力はあり余っているはずだからな」

ぽかんとする面々に一方的に捲し立て、アルシェイドはくるりと背を向ける。そのまま自身に身体強化魔法をかけ、あっという間に立ち去ってしまったのだった。

サフィアを抱えたままだというのに、彼の足どりは軽かった。みるみるうちに景色が変わっていく。

英雄と呼ばれる人間の魔法と身体能力の高さのなせる技なのだろう。あまりのスピードに、街の人々がぽかんとこちらに目を向けてくるのを素通りして、ぐんぐんと北へ向かっていく。

「あ、あの！　殿下！」

「あまりしゃべるな。舌を噛むぞ」

「でも！　——きゃっ」

抗議の声をあげようとしたものの、わざと大きく揺らされた。慌てて腕をアルシェイドの首に巻きつけると、彼は声を出して笑う。

「あははは！」

こんなにも上機嫌な彼は初めて見る。でも、時おり、ひどく心配そうな目をするのだ。その訴えるような瞳にズキンと心臓が痛んで、サフィアはなにも言えなくなってしまった。

たどり着いたのはやはり、王都外れにあるアルシェイドの屋敷だった。

着いて早々、いつもと雰囲気が違うことに気が付く。なぜか屋敷の中からガヤガヤと人の声が聞こえてくるのだ。

職人と思われる男性たちが大勢出入りしている。何事、と屋敷とアルシェイドを交互に見ると、アルシェイドは肩を竦めて説明してくれた。

「あなたを迎えるのに、屋敷をあのままにはしておけないだろう？」

「え？　えっ？」

今日何度目かわからないくらいの、同じ反応を見せてしまった。

しかし、本当に頭がついていかないのだ。アルシェイドがなにを考えているのか、ずっとわからないままだ。

聞きたいことはたくさんある。けれど、サフィアに対して、眩しいような蕩けるような瞳を向けてくれるから、見とれてなにも言えなくなる。

「あなたの部屋は最優先で整えさせているが、もう少しかかる。それまではこっちに避難だ」

そう言いながら、彼は大股で屋敷の中に入っていった。

玄関ホールはすでに修繕済みのようだ。

ボロボロだった壁が綺麗に塗装され、スッキリとした空間が広がっている。調度品を飾りつけたら、まさに貴族のお屋敷へと生まれ変わるだろう。

「お、マジで攫ってきやがった」

「よく言う。焚きつけたのはお前だろう」

屋敷の中にはゼノもいたようで、ヒラヒラと手を振ってくる。呆けるサフィアが無意識に手を振り返すと、なぜかアルシェイドがムッと頬を膨らませた。

「少しサフィアと話をする。邪魔はするなよ」

「するかよ。つか、こんなことでいちいち嫉妬するな」

「うるさい」

ふたりは流れるように会話しながら、サフィアを抱いたアルシェイドだけが二階へと上がっていく。

やがて見慣れたアルシェイドの部屋に入ったかと思えば、しっかりと内鍵が閉められる。さらに彼は入念に結界まで張り、部屋の外の音すら遮断した。

これで完全に隔離されたふたりだけの世界だ。

静かなはずなのに、心臓の音だけが妙に響いているような気がする。

この鼓動が彼に聞こえてはいないだろうか。火照った頬をどうすることもできなくて、真っ赤なのはバレバレだろう。頭の中は真っ白で、喉はカラカラだ。

「さて、サフィア」

さらりと、彼の黒髪が揺れた。

ニイイと口の端を上げて、彼はサフィアをソファーに下ろした。一方の自分は床に片膝をつき、サフィアをジッと見上げてくる。

そのルビーレッドの瞳。自信があるように見えて、切実さを含む色彩がサフィアを射抜いた。

サフィアはというと、すっかりと腰が抜けてしまって、立ち上がることなどできない。ただ、彼がとんでもないことをしでかした事実だけが、ゆるゆると理解できてくる。

公衆の面前で、なんという宣言をしてくれたのか。怒りと、戸惑いと、羞恥と、ぐずぐずするような気持ちがない交ぜになって、どうすればいいのかわからない。

責めるようにジトッとした視線を投げかけると、彼は肩を竦めた。

「そう怒るな。もう攫ってきてしまったのだ。観念しろ」

アルシェイドは堂々としたもので、サッと己の手袋を外した。

普段、ほとんど外されることのない手袋。彼はあえて、自らの手でサフィアに触れる。

サフィアの手を握るその手は温かい。彼は眩しそうに目を細め、手首に輝く神環に、それから甲に、指先にと順番に唇を落としていった。

サフィアは息を呑んだ。

だって、どうしてそんなにも愛しそうな目を向けてくるのか。

「あなたは今日から、ここで暮らすんだ。俺のもとで、ずっと」

ここまで、会話の端々から彼がそのつもりだったことは拾っている。けれど、なにがどうなって、彼の中でそんな結論が出たのだろう。

「すでに光の神環の持ち主だと周知されたんだ。教会に戻っても、平穏な暮らしは担保されないぞ？」

ニイイ、と悪戯っ子のように笑うものだから、その顔にも心臓が暴れてしまう。

つまりだ、そこまで計算してアルシェイドはあのような大胆な行動に出たということだ。

自分たちがそれぞれ神環の持ち主であることを公表したどころか、番関係すら暴露した。

「待ってください。私、混乱して……」

「そうだろうな。顔が林檎のように真っ赤になっている」

「仕方ないじゃないですかっ」

ただでさえ男性に免疫がない。その上、相手がアルシェイドときた。突然の甘い誘拐に、心臓が持つはずがない。

「っ、私で遊ぶのはやめてください！」

両手で彼の肩をぐいっと押し、どうにか引き離そうとする。しかし、彼はサフィアを逃がしてくれる気などないらしい。

「サフィア」

先ほどまでのからかうような笑みはなりを潜め、真剣な眼差しを向けてくる。その視線に射抜かれ、サフィアは口を閉ざした。

「サフィア、ここで一緒に暮らしてくれ。俺はあなたを護りたい」

ズキン、と心臓が痛み、すぐに顔を横に向けた。

だって、このまま目を合わせていたら、全部流されてしまいそうだ。自分に都合のいい解釈をして、浮かれて、頷いてしまいそう。

（これ以上、殿下と一緒にいたら、つらくなる。絶対に）

泣きたくなった。

わかっているのだ。隠しきれないくらい溢れてくるこの想い。

サフィアはどうしようもなく彼のことが好きになってしまっている。

だから一緒にいたくない。神環の番は、絶対に解消しなければいけない。でも、そうなったらサフィアはいずれ死ぬだろう。

永久の別れを迎えるために、解消方法を探し続けているのだ。

これ以上好きになったらつらい。

そんな方法、見つからなければいいのにと願ってしまうから。

「教会にいないと、番の解消方法が」

震える声で、そう主張した。

アルシェイドが息を呑むのがわかった。

いつも判断の速い彼が、なにか迷うように口を閉ざす。

そうして、長い間の後、彼がぼそりと呟いた。

「それは、必ずしも解消しなければだめなものか？」

ゾクリとした。

あまりに甘美な誘いすぎて、あっという間にサフィアの心に浸透しそうになったからだ。

「だめです！」

だから、気が付いた時には叫んでいた。

「絶対に！　解消しなきゃだめです！　――絶対です！」

強い拒絶だ。でも、強く主張しなければ、流されてしまう。

サフィアは自分自身のためにも、言い聞かせなければいけなかった。

「どうして？」

「どうしてって！　――どうして、って」

そんなこと、あなたが聞かないでほしい。なにも答えを返せなくなるから。

胸が張り裂けそうなほど痛いのに、これ以上甘い誘いを投げかけないでほしい。

「うっ」

視界が揺れた。情けない。子供みたいだ。

自分の主張を言葉にできなくて、だんまりを決め込んで、最後は涙で訴えかけるなんて。

こんなにも情けない自分がいたなんて、知らなかった。アルシェイドと一緒にいると、自分の知らなかった一面に次々と気付かされる。

(こんな感情、知らなければ楽だったのに)

笑って番関係を解消できただろう。

サフィアは遠くにひとりで逃げて、誰にも迷惑をかけずに死にたい。

でも、今はそれが難しくなってしまった。

まさか泣かれるとは思っていなかったのだろう。アルシェイドが息を呑む。

「っ、殿下の、せいですよ……っ。そんな言葉、困ります」

違う。これはただの八つ当たりだ。

なのにアルシェイドは優しいから、サフィアの気持ちに寄り添おうとしてくれる。こちらの本心なんて、サフィアが言わなければ絶対わかりっこないのに。

「サフィア、聞いてくれ」

聞きたくない。言わないでほしい。

「俺はあなたを好いている。だから、一緒に生きたいと願った。そしてそれは、どうあっても覆ることがない」

ずっと欲しくて、でも、絶対に聞きたくなかった言葉だった。

「神環の番として――いや、ひとりの女性として、俺のそばで生きてくれ」

心臓が軋む。歓喜が溢れそうになるのを必死で押しとどめ、サフィアは己の胸の前でギュッと手を握りしめる。

瞼を閉じると、ほろほろと眦に溜まった涙がこぼれ落ち、嗚咽を聞かれないように必死で我慢した。

（私だって、一緒にいたいです、殿下）

最初に言っておけばよかった。自分はあなたの寿命を奪っていると。

そうすれば、彼がサフィアに想いを寄せてくれることなどなかっただろうし、こんな痛みを抱え続けなくてもよかったのだ。

でももう遅い。彼の想いを受け入れてはいけない。

そんなことをしたら、彼は絶対にサフィアを見捨ててくれない。本心にかかわらず、寿命を半分くれると言ってしまうだろう。

だからサフィアは口を閉ざす。返事をしようとしたら、うっかり流されてしまいそうだから。

ずっと、ずっと口を閉ざして、涙目のまま、サフィアはキッと彼を睨みつけた。

「頑なだな」

アルシェイドは困ったように微笑んだ。

「わかった。ならば俺も遠慮しないことにする」

彼はゆっくりと立ち上がり、サフィアの後ろ、ソファーの背もたれに手をかける。その腕と体で檻を作り、たちまちサフィアを閉じ込めてしまった。

「これから毎日、あなたに愛を囁こう」

耳元でとんでもない宣言をされ、サフィアは目を見開いた。

ほろほろと涙がこぼれ落ちるも、拭うことすらできない。

「あなたの望み通り、俺も番の解消方法を探し続ける。だが、いつでも諦めてくれて結構だ。――そして許されるならば、これから先、ずっと俺の番として生きてほしい」

こんなの最悪だ。

だって、恐ろしすぎる。

番が解消されるまで毎日、大好きな人に愛を囁かれ続けるなんて。

サフィアはその誘惑に抗い続けなければいけないのだ。

「俺はあなたを諦めない。解消方法を見つける前に、あなたを振り向かせてみせるから」

彼の長い指が頬に触れる。それからするりと後頭部へと移動し、やがて反対側の頬に唇が落ちてきた。

薄い唇。その感触に、サフィアは体を強張らせる。

「——覚悟しておいてくれ。もう、遠慮はしない」

ああ、なんと罪深いことか。

大好きが胸に溢れて、もっと泣きたくなってしまう。

この人を死なせてはいけない。

サフィアは、彼に寿命を返さなくてはいけない。

サフィアのせいで、彼が早く儚くなることなんてあってはならない。

瘴気中毒も解消されて、これからなのだ。彼にはきっと、明るい未来が待っている。

サフィアはその足枷になどなりたくなかった。

＊＊＊

夜の闇を溶かしたような濡れ羽色の髪に、鮮やかな赤い瞳。

遠くを見つめるあの横顔。ゲームの中では、左右のこめかみにぐるりと渦巻く角を生やしていた美貌の魔王。

（とうとうあなたに会えた！　闇様！）

この世界に来てから、ずっと、ずっとずっとずっとずっと探し続けてきた永遠の推し。

その推しの三十年前の姿を見られただけではなくて、名前までわかるとは。

（アルシェイド・ノイエ・ライファミル殿下！　まさか、この国の王子様だなんて思わなかったわ……！）

灯台下暗しとはこのことである。国でも最上位に近い地位を持った人間だったのに、見落としていたとはなんたることか。

ユリは足早に教会の部屋に戻り、誰にも入らないように告げて勢いよくベッドにダイヴする。

感情が昂ぶってしまって、もうどうしようもない。

色々なことがあった一日だった。あのモブ聖女に称賛をかっ攫われてしまったのは腹立たしいし、彼の番だのなんだの、信じられないような事実が判明して、それらは全部全部業腹だけれども。

まずは、彼と巡り会えた。この事実を噛みしめようではないか。

上掛けを引き寄せ、ギュウギュウに抱きしめながら、アルシェイドの顔を思い出す。

（やっぱり最高に顔がよかったわ！　ふふ、同じ闇様担が知ったら悔しがるでしょうね）

こればかりは召喚されたユリの特権である。

大人気乙女ゲーム『ライファミルの渡り人』――通称『ライ渡』。プレイヤーはまさに異世界の渡り人として、この国に召喚されることからゲームがスタートする。

光の神環に選ばれ、この世界に蔓延る瘴気を払う中で、他の神環に選ばれた四人の男性との恋愛を楽しむ乙女ゲームなのである。

正確には神環の持ち主四人と、お助け位置にいるキャラクター三名の合計七名を攻略できる。

——そう、攻略できる神環の持ち主は四名。火・水・風・土の四名のみなのである。

では、闇は？　それが、ライ渡という乙女ゲームの中で最大のバグと言われる存在、闇様だった。

闇様はまさにゲームのラスボスで、名前、性格、生い立ちすべてが不明な謎のキャラクターだ。ただ、ずっと昔に瘴気中毒で闇堕ちした竜人の子孫ということだけがわかっていた。

それでもあの顔のよさに、ラスボスに堕ちるプレイヤーが続出。名前がわからないから闇様と呼ばれていたが、結局攻略できないバグは続編のファンディスクでも変わらなかった。

結果大勢の乙女プレイヤーが涙を流しながら、新規スチルを求めて運営に訴え続け、舞台等のイベントには声優の出演すらないのに、大量の花が贈られるという一大ムーブメントまで起こっていたのだ。

もちろんユリも、そんな闇様を熱烈に推していたひとりだ。

ただし、同じ闇様担の存在は許さない。闇様のよさをわかっているのは自分だけでいいという絶対的な同担拒否を貫き通す乙女だった。

自宅には闇様概念グッズで埋め尽くした闇様祭壇を奉り、毎日のように拝んでいた。

この世界に召喚された時も、まさにその祭壇を拝んでいる時だったのだ。これを運命と言わずしてなんと言おう。

たどり着いた世界が、どうやらライ渡の三十年ほど前であったことも運命だと思った。

ゲーム本編で散りばめられた情報から、闇様は三十年前にはまだ闇堕ちしていないと推測できた。

だったらまだ間に合う。ユリがこの世界に召喚されたのは、きっとアルシェイドを助けるためだったのだ。それを信じて、ユリは使命感に充ち満ちながら、この世界での生活を始めたのである。

ちなみに、ライ渡の攻略キャラクターは様々な種族が入り交じっているのが魅力だ。

人間以外にも、獣人やエルフなども出てくる。

エルフの血が混じった水の神環の持ち主ロレンスや、直接出会えていないが風の神環の持ち主ゼノの存在はすでに確認している。彼らは長寿で、まさにそんな長寿キャラクターたちとの寿命問題を解決するために、神環の番システムが存在するのである。

（三十年後まで闇様が見つかりそうになかったら、とりあえずロレンスと番になって、寿命だけ引き延ばしてもらおうって思ってたけど）

そんな必要はなかった。ちゃっかりロレンスは確保していたけれど、これは嬉しい誤算だ。

時間軸が異なるだけあって、ユリの知っているライ渡の世界と色々違う。

（ロレンスは今の関係をキープでいいわね。腹黒キャラって面倒であんまり好きじゃないのよね。本編でも、渡り人っていう称号持ちに興味を持って、ヒロイン召喚させた張本人だったくせに、何度も裏切るし）

自分の恋心に気付かないまま裏切りを繰り返した末に疲れ果て、最後の最後でヒロインに折れるキャラクターである。折れた後は溺愛だが、とにかくそこまでが長い。

とはいえ、腹黒であるからこそ、シナリオ的には早めにヒロインを縛ろうとしてくるから、神環の番関係に持ち込むまでは簡単なのだ。

（それに比べて、ウィルフレアは本当に扱いやすいわ。さすがあのメインヒーローの親よね。同じ熱血タイプ）

ロレンスの他にもうひとり侍らせている赤髪の聖騎士。彼の名はウィルフレア・スオンエッジと言う。

彼自身は今でこそ神環持ちでもなんでもない。しかし、三十年後、火の神環枠にあたるメイン攻略キャラクターの親として登場する。なんと火の神環を持った状態で。

ライ渡のメインヒーローである火の神環枠キャラクターは、ゲーム開始時は神環持ちではない。彼の実家であるスオンエッジは、代々強力な火の魔力持ちの騎士を輩出する名家だ。

特に親であるウィルフレアは火の神環持ちで、その跡取りである攻略キャラクターは、優秀な親に勝てずに苦悩する形で描かれるのだ。

そして物語の佳境で、ウィルフレアからそのキャラクターへと神環が継承される。

（ふふふ、三十年前に、ウィルフレアも同じ悩みを持っているだなんて思わなかったじゃない？）

でも、ユリは未来を知っている。

（『あなたの努力は知っているわ。きっと近いうちに神環を授かる。これは予言だもの、絶対よ』って言ったらイチコロだったもの）

熱血キャラの親だけあって、性格も同じだった。すっかりユリのことを信頼して、今や忠犬状態である。今のユリにとっては最も便利なキャラクターだ。

（ただ、ゼノにはまだ会えてないのよね。きっとゲームと一緒で、渡り人を探り回っているだろうから、あたしのこと見てくれているはずなのに）

きゅるん、とした顔で頬を膨らませてみる。

風の神環持ちの狼獣人である彼の特技は斥候だ。今もここを見ていたりするのだろうか。

彼は渡り人の様子を見に来た際、好奇心が抑えきれずに接触してくるキャラクターなのだ。

神出鬼没な自由人。スチルも全部カッコよかった。

闇様以外を選べと言われたら、彼を選んであげてもいいくらいにはお気に入りだ。

（もうっ、ゼノったら。ずーっと待ってるのに、どうして会いに来てくれないのよっ。異世界にいるんだから、獣人キャラは外せないのにっ）

いかにもな狼獣人、しかも隣国では有力な家の出だ。この世界に居座るつもりなら、絶対に味方にしておきたい。ついでに、一度でいいから狼獣人の尻尾をモフってみたい。そうすれば、異世界にいる実感がもっともっと湧きそうだ。

ロレンスとウィルフレア、ゼノと並んだらなかなかの壮観だ。あとは土の神環持ちもいるが、彼はおそらくまだ生まれていない。三十年前の先代神環持ちの情報も特に持ちあわせていないから探しようもない。

（ま、土の神環持ちはショタ枠だったから、あたしの専門外だしぃ）

これだけ揃えられたら上々だろう。

世界でたった六名しかいない神環の持ち主が一国に集中しすぎだが、それはまあゲームの設定なのだからそういうものだろう。むしろ、この国にいれば皆と会えるのだから、ユリとしては大歓迎だ。

（あとは闇様と、光の神環だけよね）

攻略キャラクターたちを侍らせる自分の姿を想像する。

もちろん、最終的に選ぶのは闇様ことアルシェイドだ。アルシェイドと神環の番関係になって――おそらく彼は長寿だから、寿命を分けてもらって――三十年後のゲームの世界を堪能するのが今のユリの夢だ。

もちろん、アルシェイドとは番関係だけではなく、しっかり結婚したい。第二王子だなんて最高ではないか。王太子ほど責任はないし、自分も渡り人として皆の信仰を集め、やがて大聖女と呼ばれる存在となるのだ。

ロレンスやゼノ、ウィルフレアといった見目麗しいキャラクターたちに傅かれ、その中央にゆったりと腰かけるアルシェイド——の膝の上にのせられた自分の姿を想像する。

まさにライ渡のパッケージにそっくりだ。絶対に実現せねば。

胸の奥に膨らむ野望をしかと抱いて、ユリは口の端を上げる。

（そのためには）

邪魔な存在がいる。今の光の神環の持ち主サフィアだ。

ロレンスが言うには、彼女の寿命はあと一年もない。だから、彼女さえ死んだら光の神環はユリのものになるはずだった。

しかし、彼女がすでにアルシェイドの番になっているというのはどういうことだろう。

（ゲームの世界では、闇様は独り身だったわ。女の影なんて、ちっともなかった！　っていうか、神環の番ってことは、闇様の寿命を奪っているってこと？）

そうなると、彼女は一年では死なないではないか。

ユリがこの時代に召喚されてしまったからだろうか。どうも、ゲーム内の史実とは変わってきている気がする。

（どうにかして、神環を奪わないと）

サフィアの死など待っていられない。

ユリは頑なに信じていた。現実ではあるけれど、どこかゲームの世界であるような感覚が残り続けていたと言うべきか。だから世界は主人公であるユリのために回っている、と。

今はアルシェイドもつれないけれど、それはまだユリが光の神環を手に入れていないからだ。

きっとこれは、神が用意してくれたアルシェイド救済シナリオに違いない。

少なくとも、サフィアには退場してもらわなければいけない。そうでなければ、光の神環は手に入らない。

(きっと闇様は、魅了かなにかの魔法にかけられているのよ！)

彼とサフィアが番?ということは、キスをするような関係ということになる。

(そもそもあたしの闇様が！　あんな冴えない女と付き合ってるとか、ありえないわよね!?)

アルシェイドがサフィアを抱き上げ、攫っていった姿が目に焼きついている。ああいうのは、ヒロインであるユリにこそ用意されているべきイベントではないだろうか。

だからこれは試練なのだ。光の神環を取り戻し、アルシェイドを正気にさせると、ユリとのフラグが立つに違いない。

(どうにかして、あのモブ聖女と闇様との番関係を解消させないと)

ユリは己のゲーム知識を総動員して、手段を考える。

(ええ、大丈夫よ。番の解消方法くらい、ちゃんと頭に入っているもの)

どれだけライ渡をやり込んだと思っているのだ。

（紫月の夜のバッドエンド。この世界でも起こせるかしら）

試してみる価値はある。

ゲームの世界と時代のズレはあるものの、似た時系列を辿っている。

ゲーム本編のクライマックス。紫の月が浮かび上がり、ライファミルの王城上空に大きな瘴気瘤が発生し、魔物が押し寄せるスタンピードが起こるのだ。

光の神環の持ち主であるヒロインがその日に夜会に参加することで発生するイベントだ。

ユリかサフィアか、どちらが引き金になるかはわからないが、ふたりして夜会に参加していたらいいだろう。試してみる価値はある。

（イベントさえ起これば、こっちのもの。バッドエンド確定よね）

ゲームでは、一定以上の条件を満たせなければ、光の神環が破壊されてしまうのだ。その瞬間、番関係は解消され、ヒロインだけが命を落とす。

（あのモブ聖女に、条件を満たせるはずはないもの）

攻略キャラクターの誰かと親密度を高めていることの他、闇の神環の持ち主以外の全員が揃っている必要がある。

しかしこの国には土の神環持ちが不在だ。だから、彼女の退場は必至である。

これしかないと思った。

なに、ここはユリのために用意された異世界だ。これは殺人でもなんでもない。むしろ、世界を正しいルートにのせるための、必要な処置ではないだろうか。

というか、ユリは別になにもしていない。ただイベントが起こるのを傍観していればいいだけだ。咎められる謂れもない。

（まあ、イベントが起こらなかったら起こらなかったで、別の方法を考えれば済むだけだもの）

見守る価値はあるだろう。

（闇様、今、解放して差し上げます）

大丈夫、サフィアはモブだ。アルシェイドだって、すぐ忘れるに違いない。

そもそも彼女は分不相応なのだ。

他の神環の持ち主たちと関わっていること自体が解釈不一致。

この世界のヒロインはユリひとりでいいのだ。

第六章　紫の月が輝く夜に

アルシェイドの屋敷にやってきてから一カ月。

凍える冬も終わりに向かい、ようやく草木が芽吹く季節となった。

この一カ月ですっかり様変わりした屋敷の中で、サフィアは毎日ふわふわした気持ちで過ごしていた。

「サフィア様、とっても綺麗ですわ」

「本当に。月の白を溶かしたようなお髪が綺麗ですから、どんなドレスでも映えますわね」

「えっと、そのう」

ふたりの侍女に囲まれ、大きな鏡を前に、ただただ戸惑う。

身に纏っているのは聖女のローブではない。淡いブルーのデイドレスだ。フリルはたっぷり入っているが、落ち着きがあり上品な印象だ。思いの外軽くて、動きを阻害することもない。

普段着にするには贅沢すぎるような気もするが、こうして袖を通さないと、一生着る機会のないドレスがなぜか大量に存在する。着るよりもプレゼントされる量の方が多すぎて、恐縮している場合ではないのだ。

（もう、殿下ってば……！）

放っておくと、サフィアが遠慮ばかりしてなにも受け取らないことを学んだらしい。彼はこれでもかというくらい毎日大量の贈り物をしてくれる。

ドレスをはじめ、靴やバッグにアクセサリー。それから、書物や雑貨、たくさんの花々まで。贈り物で部屋が埋め尽くされそうになってしまい、今やプレゼントを保管するためだけに二部屋も確保されている。広い家で部屋は余っていたが、まさかドレスを収納するためだけに綺麗に改装してしまうとは思わなかった。

屋敷の全面改装は早々に行われた。

土属性の得意な専門職人を雇い、魔法を駆使した結果、驚くほど早く屋敷は綺麗になった。壊れた床や壁も元通りになり、サフィア好みの落ち着いたアンティークの家財がたくさん運び込まれた。

それだけでなく、彼が信用できると定めた人間が何人も雇われ、大勢の使用人たちが勤めている。サフィアには侍女がふたりも付けられ、至れり尽くせりだ。

（第二王子だってこと、今さらながら実感しちゃったわ）

当然といえば当然かもしれない。

瘴気中毒のせいで、人を拒絶することしかできなかったけれど、それさえ解消されれば彼は正しく王子なのだ。人に傅かれる立場であることは間違いがない。命令するのも慣れているため、彼は立派なこの屋敷の主だった。

つまり、浮いているのはサフィアだけ。

もともと屋敷にやってきた時は、サフィアが使用人のような立場だった。彼の身の回りを整えるのはサフィアの役目だったからこそ、今はその役目を取り上げられたような気分だ。

『俺があなたに請うて、ここにいてもらっている。使用人と同じ扱いなんてするはずがないだろう？』

などと言われるけれど、どうしたらいいかわからない。

一応男爵家の出ではあるが、あまりに田舎かつ貧乏で、平民とそう変わらない生活をしていたのだ。いきなり大勢の人々に囲まれても、なかなか慣れようもない。

（でも、皆、本当に親切なのよね）

貴族の令嬢らしくない自分が多少変な行動をしたところで、誰も咎めない。

むしろ使用人の中には過去、サフィアが病気を治した相手までいて、感謝されるばかりだ。

穏やかで温かい人ばかり揃えてくれたのも、アルシェイドの気遣いなのだろう。サフィアが萎縮しすぎないように、隅々まで気を配ってくれている。

（私、本当に、大事にされているのだわ）

正直、気持ちは育ちきってしまった。

心の奥は、痛みと苦さでずっとじくじくしている。その一方で、毎日が夢見心地なのも事実だった。

彼に愛されている実感をしてしまい、苦しくも、込み上げてくる喜びを抑えきれない。油断すると頬が緩むから、とても大変なのだ。

アルシェイドは、そんなサフィアの気持ちなど知るはずもなく、毎日のように甘い言葉を投げかけてくるから余計に困る。ほら、今日だって——。

「サフィア。——ああ、今日も綺麗だ」

玄関ホールに向かうなりこれだ。毎日ここで待ち合わせをしているけれど、会うたびにこうして褒めてくれる。

いくら着飾ったところで、元は平凡な顔だと思うのだが、アルシェイドに言わせてみればそんなことはないらしい。

「ブルーのドレスがあなたの髪によく馴染んでいる。清楚で、正しく神の愛し子だな」

光の神に愛されているからと、彼はサフィアのことをたびたび『神の愛し子』と称するようになった。そうして決まって、最初は髪のひと房に、それから右手を取って神環に、甲に、指先にと唇を落としていく。

「あ、あのっ、殿下」

「唇は我慢しているんだ。これくらいいいだろう?」

なんと、彼なりの我慢の結果だというのだ。

毎日、溢れんばかりの愛を真っ直ぐ注がれて、溺れてしまいそうだ。

ぐらつく心をどうにか押しとどめ、真っ赤になりながら馬車に乗り込む。これからすっかり日課となった王城へと通うのである。

アルシェイドはきちんと約束を守ってくれた。サフィアと一緒に、神環の番を解消するための手段を探し続けている。

毎日のように王城の図書館へ連れていってくれているし、世界各地に散らばっていたかつての彼の仲間を訪問して、話を聞かせてもらった。その際、英雄パーティーとして瘴気竜と戦った戦士には、しっかり治療を施した。

やはり、瘴気竜の血は特別で、自覚症状はなかったが彼らの体に負荷をかけていたようだ。非常に喜ばれ――だからこそ、アルシェイドと番関係を解消したいという願いには複雑な表情を見せていたが、協力は惜しまないと約束してくれた。

もちろん、アルシェイド自身も。ちゃんと近くで見ているからわかる。彼は真剣だ。番関係を解消したくないから、手を抜いたり、妨害したりしているわけではない。サフィアの望みを叶えるために一生懸命になってくれている。

ただ、今日の目的は、図書館へ行くことではなかった。王城の本館である。

本館には、赤いビロードのカーペットが贅沢に敷きつめられ、細やかな装飾の入った柱や、見事な絵画が並んでいる。そんな廊下を多少なりとも緊張しながら歩いていった。

やがてたどり着いた先で、重厚な木の扉が恭しく開かれ、唇を引き結ぶ。

「やあ、待っていたよ」

早々に目的の人物に声をかけられ、サフィアは背筋を伸ばした。

彼こそが今日、サフィアたちを呼び出した張本人。アルシェイドの兄であり、王太子ジグリウドだった。

さすがアルシェイドと血の繋がった兄弟と言うべきか。色彩こそまるで逆だが、アルシェイドと目鼻立ちの似た、見事な美男子だ。

年齢は確か二十八だったか。アルシェイドが月とすれば、ジグリウドは太陽だ。華やかな黄金の髪が印象的で、キラキラと輝く碧い瞳は澄んでいる。

「ジグリウド・ノイエ・ライファミルだ。サフィア、いつもアルが世話になっているね」

物語の中に登場しそうな王子の中の王子様といった風貌の人物を前に、サフィアは硬直した。

（綺麗……）

うっかり見とれてしまったことも、アルシェイドにはお見通しなのだろう。眉間に皺を寄せている。

「おいおい、アル。挨拶しただけじゃないか。そんな顔しないでくれよ」

ジグリウドが苦笑いを浮かべ、肩を竦めている。

「別に」

などと言いながらも、アルシェイドがギュッとサフィアの腰を抱き寄せた。

驚いて顔を上げると、少し拗ねたような彼が、ふいっと視線を逸らすのが見えた。もしかして図星だったのだろうか。ほんのりと眦が染まっている。

「すまないね、サフィア。急に呼び出して」

「いえ」

すぐにこちらに話を振られ、サフィアはビクッと体を震わせた。思った以上に緊張しているらしい。

（べ、別にアルシェイド殿下に緊張しないってわけじゃないのよ？　でも、こう、雰囲気が全然……）

外での暮らしが長く、旅を続けていたアルシェイドは、所作こそとても洗練されているが、どこか砕けたところがある。貴族と平民の中間と言えばいいだろうか。だからサフィアや他の市民と同じ位置に立ってくれているような気がする。

一方、ジグリウドはどう見ても住んでいる世界が違う。だから、かしこまってしまうのは仕方のないことだろう。

「サフィア、適当で大丈夫だ。所詮、俺の兄だ」

「所詮、と言われましても」

いや、あなたは家族だから、と抗議したい。が、もう来てしまったのだから逃げられない。

覚悟を決めて部屋の奥へと進み、ジグリウドの前で一礼する。

「お初にお目にかかります。サフィア・リアノーラと申します。第二王子殿下の庇護のもと、穏やかに過ごさせていただいており、感謝いたします」

「これはどうもご丁寧に。むしろ弟が強引に、すまないな。わがままばかり言っていないか？」

「そんな！　とんでもございません！」

ガバッと顔を上げ、ブンブンと手を横に振る。ジグリウドは穏やかな微笑みを湛えたまま、サフィアたちに席に着くよう勧めてくれた。

侍従たちが慣れた様子でティーセットを用意していく。女性を招待したからだろうか。白を基調とした小花柄のカップが愛らしい。それから、ふんだんに苺を使用したミルフィーユに、ひと口サイズのマカロン、クッキーと彩り豊かな菓子が並べられていく。

さすがのもてなしに息を呑むも、余計に恐縮してしまいそうだ。

「サフィア、遠慮しないでいい。好きなものを食べなさい」

すっかり尻込みしてしまっていることなど、アルシェイドにはお見通しらしい。席を寄せ、さあ、どれが食べたい？と聞いてくる。

一番目を引いたのは、苺のミルフィーユだ。サフィアの視線がそれに固定されたのを見抜いたのか、アルシェイドが手を伸ばし、ミルフィーユの載った皿を手に取った。そしてフォークでひと口サイズに切り、こちらの口元へ運んでくる。

「っ、殿下⁉」

「ほら、サフィア、口を開けてくれ」

「で、でで、ですがっ」

「早くしないと落ちてしまうぞ？」

などと言いながら、彼は軽くフォークを揺らす。

いくつもの層になっているケーキはバランスが悪く、確かに今にも落ちてしまいそうだ。

（わざとやってますよね！）

抗議の声をあげたくなるが、今はジグリウドの前だ。ギャアギャア騒ぐことなどできない。

ううう、と瞳を潤ませながら、サフィアは意を決してパクリといった。

ざくっとした生地の食感と、甘いクリーム、そして甘酸っぱい苺の味が見事に混ざり合う。

表情は一変、サフィアはその味に瞳を輝かせ、両頬を押さえた。

もぐもぐもぐと一生懸命口を動かし、しっかりと味わう。

「口には合ったようだな」

と声をかけられ、ハッとした。

「お、美味しいですけどっ。殿下、私、自分で食べられますから！」

いくらなんでも、王太子の前でなにをやってくれているのだ。

キッとアルシェイドを睨みつけるも、彼は楽しそうに笑っている。

「殿下？　それはどちらのことだ？」

「へ？」

「ここには王子がふたりいるからな。名前を呼んでもらえないとわからん」

「な……っ!?」

サフィアは口をパクパク開けて、アルシェイドとジグリウドを交互に見る。

アルシェイドはいつになく上機嫌だ。サフィアがどんな反応を示すのか、楽しんでいるに違いない。

「殿下殿下殿下殿下。いつまで経っても、あなたは俺を名前で呼んでくれない」

「そ、そうでしたっけ」

頭の中では結構名前で呼んでいるつもりだった。けれど、口に出すのが恐れ多くて、確かに名を呼ぶことはなかったかもしれない。

（やられたわ！）

この状況下、名前を呼ばざるを得ない状態に追い込まれた。ぐっと唇を引き結んでから、意を決して声を発してみる。

「………アルシェイド殿下」

「長くて呼びにくいだろう？　アルでいいぞ？」

「とんでもない！」

愛称で呼ぶなど、家族か恋人にのみ許された特権だ。というか、恐れ多すぎる。

必死に首を横に振り、いよいよジグリウドの方へと助けを求めるしかなくなった。なんとかしてくれと懇願するような目を向けると、ジグリウドが声をあげて笑う。

「あははは！　お前がそういうことをするようになるとはなあ」

なんとも微笑ましそうに見守られ、落ち着かない。

それはアルシェイドも同じなのだろう。少し頬を染め、口を尖らせる。

「俺だって、らしくないと自覚していますよ」

そうだったのか。ならば、無理をしているのだろうかと不安になる。

戸惑うサフィアをジッと見つめ、アルシェイドはますます頬を赤くした。しかし、なにかを決意するように目を細め、ぐっと拳に力を入れる。

「しかし兄上、サフィアにはこれくらいしないと伝わらない」

そう宣言してこちらを向き直り、サフィアの頬に触れる。さらに自然な流れで髪を梳かれ、その毛先に口づけを落とした。それから右手首の神環に、甲に、指先にと順番に唇を移動していく。

ジグリウドの前でもいつもと同じ口づけを捧げられ、サフィアは完全に硬直してしまう。

「まあ、お前はもともと口数が多い方ではないからな。黙っていて誤解を生むこともあるだろうから、いい傾向なのだろう」

「サフィアには誤解されたくない」

「ああ。だが――」

ジグリウドはチラッと、硬直したままのサフィアに目を向ける。少し沈痛そうな表情を浮かべ、はあと息を吐いた。

「その辺にしておいてやれ。やりすぎると逃げられるぞ」

「うっ……」

痛いところを突かれたのか、アルシェイドはビクリと肩を震わせ、両目を閉じる。わかりました、とボソッと呟くと、ようやく解放してくれた。

「すまないね、サフィア。アルも浮かれているようだが、迷惑なら本人にはっきり言ってやってくれ」

苦笑しながら宣い、ジグリウドもティーカップに口をつける。そうしてふうと呼吸を落ち着けた後、真剣な顔をしてサフィアに向き直った。

空気が一瞬にして引きしまり、サフィアも息を呑む。同じようにジグリウドに向き直り、居住まいを正した。

「さて。サフィア、ここに呼び出したのも、まずは君に礼を言いたかったからだ」

「え？」

なんのことだろう。パチパチと瞬くと、ジグリウドはわずかに眦を下げる。

「大切な弟の、アルシェイドの瘴気中毒を治療してくれてありがとう。この通りだ」

まさか頭を下げられるとは思わず、サフィアは目を白黒させる。

「ちょ⁉　顔を上げてください、王太子殿下！」

「うーん、私もジグリウドでよいのだが」

「い、いえ……っ」

それはますます恐れ多いので、ブンブンと手を横に振る。恐縮して余計にカチコチに固まると、ジグリウドの表情はますます強張る。

「アルは、この国のために尽力してくれたのに、その結果があの瘴気中毒だ。誰にも迷惑をかけたくないと引き籠もるアルに、私たち家族はなにをしてやることもできなかった」

「それは」

今でこそ華やいでいるが、初めてアルシェイドの屋敷に向かった日、あまりの寂しさに愕然とした。

瘴気中毒は本人だけではなく、周囲にまで影響を及ぼす。アルシェイド自身が他者を傷つけないようにするために、余計に人を遠ざけることしかできなかったのだ。

「だから、あなたには感謝してもしきれない。光の神環を持つに相応しい乙女に、最大の敬意と感謝を送りたい」

「殿下……っ」

アワアワするサフィアに対し、ジグリウドは一歩も退く様子はない。これがけじめだとばかりに、はっきりと口にする。

「とまあ、また父上や母上にも同じ用件で呼び出されると思うから、覚悟をしておいてくれ」

「ええ⁉」

それはつまり、国王陛下と王妃陛下に、という意味だ。この国の最高権力者たちに頭を下げられる未来が予告され、サフィアはただひたすら焦った。

「それだけのことをしてくれたんだ。サフィア、ちゃんと受けとめてくれ」

アルシェイドまでもが頷く始末。

「そんな、私は。ただ、アルシェイド殿下が助かればいいなって、思っただけで」

「ん」

サフィアの返答に、アルシェイドは満足そうに頭をガシガシ撫でてくれる。

大きな手だ。気恥ずかしさもあるけれど、こうして頭を撫でられるのはちっとも嫌じゃない。

というより、嬉しくもあった。

どれだけ頑張ってきても誰にも褒めてもらえなかったこの数年間、そんな過去の自分までもが報われる気がする。

目が合い、気恥ずかしさがありつつも、サフィアは頬を緩めた。

ああそうだ、少しは自分を認めてあげよう。だから今は、ジグリウドの感謝もきちんと受けとめようと思う。

「――お役に立てて、よかったです」

そう返答すると、ジグリウドも真っ直ぐに頷いてくれる。

それから再び難しい顔をして、人払いをした。やがて部屋の中には三人だけが取り残される。

「さて、ここからは少し厄介な相談だ」

「……そうだと思いましたよ」

アルシェイドは大きく息を吐きながら、ソファーに身を預ける。

「まあ、教会案件ですよね」

「そうだ」

サフィアも息をついた。

サフィアが教会を出てから、向こうも大変なことになっているようだ。

渡り人と名高いユリによる治療は、以前から莫大な対価を要求していたようだが、それに見合う成果が得られなくなったのだ。

まあ、当然だろう。以前はサフィアがユリの身代わりとして、貴族の治療に当たっていたのだから。

しっかり布施を治めているのに、治療は不十分な上、貴族の屋敷に上がる最低限のマナーが身に着いていない。以前はそのようなことはなかったのに、どうなっているのかという問い合わせと苦情が教会に殺到しているのである。

また、先日の開放日の噂が広がっている。目の前で大きな事故が起こったのに渡り人は怯えて見ているだけで、実際は下っ端とされていた聖女が皆を助けたと。

つまり、サフィアのことだ。その下っ端聖女は、実は光の神環の持ち主で、瘴気中毒に冒されていた第二王子まで救っていた。その上王子が見初めて、彼女に不当な仕事を押しつけていた教会から攫ったとかなんとか。

（ついでに私たちが結婚秒読みとかなんとか、おもしろおかしく噂になっちゃってるのよね……！）

それ以外は概ね事実ではある。

要は力を持った聖女を独占し、こき使っていた教会にひと泡吹かせたことが、見事に大衆娯楽として浸透してしまったというわけだ。

それがまた、ふたりして神環の持ち主だったものだから、巷も大賑わい。アルシェイドがサフィアを抱き上げて攫った様子もバッチリ見られていて、とびきりのロマンスとなって浸透しつつある。

それをさらにおもしろおかしく脚色した記事や物語が飛び交い、アルシェイドはすっかり時の人だ。いや、もともと英雄だったのだが、瘴気中毒により恐れられていた過去すら美談とされ、語られるようになっていた。

問題は、そのせいで教会側がすっかりと悪として印象づけられたことだった。

「あちらも焦っているようでな、以前にも増して渡り人の予言を主張するようになった」

治癒魔法の腕こそサフィアの足元にも及ばないが、ユリの予言は本物だ。

最近、ユリに貴族の屋敷へ向かわせることをやめた。彼女の露出を控えて神秘性を増し、予言によって信仰を募るというわけか。

「そんな彼女が内々に、来月の大夜会に参加したいと申し出てきてな」

「大夜会に？」

この国では一年で二回、国を挙げての大きなパーティーが執り行われる。そのうちのひとつが、紫月の夜の大夜会なのである。

冬と春のあわい、月が紫に染まる夜がある。一年で最も闇の神の祝福が濃くなるその日に、貴族たちは音楽と踊りを捧げるのだ。

しかし、その日は本来、教会は教会で大きな祈祷を行う日でもある。わざわざ国家主催のパーティーに参加する意味がわからない。

「表向きには、水、火、風、光、闇と、五名の神環関係者がこの国に集結しているから、交流を図るに相応しいと」

「水と風と光と闇はともかく、火？」

「ウィルフレアという聖騎士を知っているか？　教会所属で、今は渡り人に仕えている」

「あ。あの赤髪の」

まさにユリの信者といった風で、べったりとくっついていた。

「彼が火の神環持ちなのですか？」

「そうだ。まさに先日、彼の腕に火の神環が現れたのだとか」

「へえ」

やはり彼女の予言は本物だ。こればかりは、信じざるを得ない。

「教会もまだ公にはしていないが、今度披露目もするようだな。しかしその前に、紫月の夜だ」

ジグリウドは難しい顔で、押し黙る。それからしばらく後、聡明な碧い瞳をこちらに向けた。

「予言だそうだ。紫月の夜に、神環の持ち主は集っているべきだと」

「明らかに、なにかを企んでいるな」

アルシェイドがぼそりと呟いた。サフィアも真剣な顔で頷く。

「ただ、ユリ様の予言は本物です。行動こそ理解できないところが多いですが、この世界を護るため、という主張を常にしていらっしゃいました」

ユリの代わりを務めていたから、彼女と話す機会はそれなりにあった。

不思議なことに、彼女はよく三十年後の未来を見据えていた。

そんな先に、どんな厄災が待っているのかはわからないが、闇様——つまりアルシェイドの闇堕ちを危惧して、今から食い止めたいとずっと言っていたのだ。

（三十年後……）

その時にはもう、サフィアはいない。だから、大きな瘴気が蔓延っても、自分がそれを祓えない。今からなにか対応できるなら、協力は惜しまない。

「それに、近くで見てきたからわかります。彼女はおそらく、世界の真理のようなものをよくご存じです」

ユリの言葉を借りると『ゲーム』だ。神環の番のことも、こちらでなにかを調べたわけではなさそうなのに熟知していた。それ以外にも、世界の成り立ちや、未来のことまでも見通す予言――いや、知識だと思う。

ユリはこの世界を俯瞰して見た上での知識を持っている、というのがサフィアの見解だった。

「だから、神環の番の解消法についても、ご存じなのではないかと」

「まさか！」

ガタッと、アルシェイドが立ち上がった。彼の表情には焦りとも怒りともつかない複雑な色が浮かんでいる。

しかし同時に納得もしているのだろう。すぐに着席し、口元に手を当てて、深く考え込んでいる。

「いや、それは。あの娘なら確かにとは思うが、しかし――」

一緒に番の解消方法を探す。それはアルシェイドとの約束だ。

解消したくないと主張しながらも、アルシェイドは尽力してくれているし、一切手を抜いていない。だから少しでも可能性があるなら動いてくれる。それはわかっていた。

「神環の番については、お前たちの問題だ。私はアルに頑張れよとしか言いようがないが」

ジグリウドがふむ、と頷き、息を吐く。

「教会の企みをはっきりさせるチャンスではある。件の渡り人についてもな。——そして、サフィア」

「っ、はい」

鋭い瞳を向けられ、サフィアは背筋を伸ばした。

「今、我々が教会による聖女独占を憂えているのは知っているな」

「もちろんです」

サフィアだって同じだ。聖女は教会だけが独占していいものではない。外に出て、それがよくわかった。

だって教会の、特に下っ端とされる身分の低い聖女たちが日々、どれほど奮闘しているか。

しかし、彼女たちの努力が顧みられることは多くはない。教会に捧げられた多くの布施は、彼女たちのもとには届かない。上層部が懐に入れているのだろう。

高位貴族出身の上位聖女たちは裕福な暮らしができるものの、そこからこぼれ落ちた者は、馬車馬のように働かされ、質素な部屋で眠る。そんな暮らしを強要される。

自分もそうだったから麻痺していたけれど、聖女の業務を支えていたのは彼女たちだ。もっと顧みられてよかったのではないか、と思うようになった。

（なんて、それもこれも殿下のおかげね）

教会の外に出るようになり、アルシェイドに大切にされて初めて実感するようになった。

サフィアはようやく――本当にようやく、自分を大切にすることを覚えはじめていた。

だからこそ、神環の番を解消する以外に、もうひとつの願いを抱きつつある。いや、目標と言ってもいいだろう。

自分以外の聖女たちにも、自分を大切にしてほしい。そのためには、今、教会がすべての聖女を囲っている現状をなんとかせねばならない。

そしてその願いは、サフィアだけのものではない。教会の外、すなわち、国の中枢だって同じことを考えてくれている。

サフィアのことを好意的に迎えてくれているのは、そういった背景もあるのだろう。

「彼女たちを解放するのにいい機会ではないかと思う。どこかで教会とはぶつからなければいけない。教会の企みを暴くよい機会だとも思うのだ。――どうだ？」

ジグリウドの言葉に、サフィアは大きく頷いた。


それからの日々はあっという間だった。

王城の図書館に引き籠もっている余裕などなく、サフィアは方々を走り回っていた。

夜会の準備というのももちろんある。ドレスはアルシェイドが張り切って用意してくれたけれど、ダンスの練習だってしなければいけない。

いくら男爵家の出とはいえ、下っ端聖女のサフィアは、圧倒的にダンスの経験が足りない。

アルシェイドに手取り足取り教えてもらう日々だ。

そしてなにより、サフィアは教会外の聖女として、治療活動に精を出していたのだ。

国は、教会が聖女を独占するのを防ぎたい。その旗印としてサフィアを選んだ。

当然、教会にただの一度も戻っていない。本当はユリと接触を図りたかったけれど、今のサフィアの立場からして簡単に近寄れなくなった。

サフィアは今、国に雇われた聖女で、まさに新しい形として注目を浴びる身だからだ。

だからこそ余計に緊張する。今日の夜会は、光の神環持ちであるサフィアのお披露目のようなものでもあったから。

「サフィア」

会場となる王城を前に尻込みしていると、隣から声がかけられる。

アルシェイドだ。彼はこの日、黒のコートでまとめていた。

普段のようにコートを適当に肩にかけたりはしていない。まさに貴公子といった風貌で、凛と立っている。

英雄と呼ばれて前線で戦っていた時も、彼は常に黒い服を身に纏っていた。黒は言わば彼の色で、本当によく似合っている。

布の切り返しは瞳と合わせて真紅。さらにアスコットタイも揃えている。刺繍がたっぷりと施された豪奢な衣装は、まさに彼を王子たらんと飾り立てていた。

すらりとした長身に整ったかんばせ。まるで彫刻のように見事な出で立ちに、つい見とれてしまう。

対するサフィアは、聖女を思わせる白のドレスを身に纏っていた。

本来、白のドレスと言えば結婚式にのみ使用される。だが、この日のサフィアは国所属の聖女として参加するのだ。聖女としての印象を強くするための白、そして、貴族側の人間としてローブではなくドレス、という両方の側面を持たせた象徴としての衣装だった。

だから形はローブを思わせるよう、裾にはあまり膨らみを持たせず、マーメイドラインに近い。しかし、足元に近づくほどにたっぷりとフリルが重なり、最上級の絹をふんだんに使った豪奢なドレスだった。

そしてグローブは腕輪の内側に通し、しっかりと光の神環が見えるようになっている。一歩歩くたびにフリルが揺れ、ふんだんに散りばめられたビジューが輝く。

目立つ。非常に目立つ。

エスコートをしてくれるのがアルシェイドだから余計に、人々の注目を集めるのは必至だ。会場に入る前からガクブルするのは許してほしい。

「――綺麗だ」

「えっ」

目が合うなり、そう呟かれて瞬いた。

「あー……だめだな、やっぱり他の連中に見せたくない。参ったな」

アルシェイドは額に手を当て、ふるふると首を横に振っている。ルビーレッドの瞳がずっと甘く煌めき、優しい笑みを浮かべている。

「サフィア、今夜はあなたが主役なことはわかっている。だが、どうか俺から離れないでくれ」

熱っぽい目で囁かれてしまうと、サフィアは頷かざるを得ない。

（でも、私は――）

大きな決意をしている。

今日の大夜会で、絶対にユリと接触をしなければいけない。

安易に教会に近寄れなくなったからこそ今夜、どうしても彼女に、神環の番の解消方法を聞かなければならないのだ。

――アルシェイドと、お別れをするために。

大夜会は、まさに豪華絢爛のひと言だった。

この日は毎年、教会でも闇の神に祈りを捧げている。しかし、そちらが静謐な儀式であるのに対して、こちらはあまりに華やかだった。

楽団が音楽を奏で、貴族たちが思い思いにダンスを踊っている。サフィアはもともと貴族令嬢ではあるが、王家主催のパーティーにおいそれと出席できる身分ではない。だから、初めて見る光景に釘づけだった。

「素敵……」

無意識に言葉がこぼれる。

女性は皆色とりどりのドレスを身に纏い、くるくると回るたびにスカートが広がる。幸福そうに頬を染め、相手の男性に寄り添う様子。そんな彼女たちに目を奪われ、同時にひどく嫉妬した。だってそれは、サフィアが望んでも手に入れられない未来だ。

「サフィア」

強く手を握られ、ハッとした。

ああ、だめだ。感情を隠せない。きっと今、ひどい顔をしていた。

サフィアはどうにか微笑みを貼りつけ、アルシェイドの方へと振り返る。

「あまり緊張しなくていい」

「はい、ありがとうございます」

サフィアを抱き寄せるアルシェイドの顔。蕩けるような笑みを向けられるからたまらない。

先ほどまでの葛藤など、すべて塗りつぶされてしまった。

「ねえ、あれ」

「アルシェイド殿下、求婚なさったっていうのは本当みたいね。ほらあの笑顔、ご覧になって」

「素敵！　はああ、お相手が羨ましいわ」

「仕方ないわよ。殿下の瘴気中毒を治療なさったっていう大聖女様だもの」

　いや、大聖女などという肩書きはないのだが。

　それでも、男女問わず、こちらに注目しているのはわかる。

　むしろサフィアは、今日は目立つためにここにいる。そうすることで、国所属の聖女の存在を知らしめるのが目的なのだが。

（居たたまれないわ……！）

　できることなら、どこかに隠れてしまいたい。そもそもサフィアは、人々の関心を得るのに慣れていないのだ。

　アルシェイドは緊張しなくていいと言ってくれたけれど、それは無理な相談である。キュッと体を強張らせると、それがアルシェイドにも伝わったのだろう。

「大丈夫だ」

　瞬間、キャー！と周囲から黄色い声が漏れた。

　彼がサフィアの腰を抱き寄せ、そのまま髪にキスを落としたのだ。

「怖ければ、俺に寄り添っておけ」

それは余計に緊張するのですけれど、とは言えない。サフィアは顔を真っ赤にしながら、こくこくと頷くだけだ。

「よーう！　おふたりさん、元気そうだな！」

そこに、カラッとすべてを吹き飛ばしそうな明るい声が聞こえてきた。

「ゼノ様！」

三角耳をピコピコ動かしながら、ニコッと満面の笑みを浮かべる男性。ゼノである。

彼は祖国ノーサスタの衣装を身に着けているようだ。白を基調としたエキゾチックな膝丈ローブに、だぼっとした同色のパンツ。縁は金糸で豪華に着飾り、ジャラジャラと金の装飾を纏っている。いつもよりも大人っぽく見えて、とても素敵だ。

「ご招待どうも。サフィア、今日は随分めかし込んでんな。ついでにアルも」

いや、着飾っているのはお互いさまなのだが、なぜかアルシェイドがむすっとした顔をした。

「そんなにじろじろサフィアを見るな」

「うわ、着飾らせたのは自分のくせに、理不尽すぎねえ？　サフィア、こんな心の狭い男は放っておいてオレと踊るか？」

なんて手を伸ばしてくるけれど、本能で理解する。この手を取ってはいけないと。

「あ、あの……」

「ゼノ」

ピシャリとアルシェイドが横槍を入れ、ゼノは肩を竦める。カラカラと笑ってから、彼がこちらに顔を近づけた。

「ったく、取られたくなけりゃ警戒しておくんだな。教会派の連中が耳をそばだてているぞ」

ピコピコと、彼の耳が動いている。獣人は人間よりもはるかに耳がよく、こうして周囲の会話を拾っているのだろう。

「やっぱ、今日なにかが起こるみてえだな。帯刀は禁止されているが、心の準備はできているな？」

「もちろんだ」

「ならいい。――いやあ、久しぶりにお前と大暴れすることになったりして」

ゼノはニマニマしているが、あまりに不穏な内容にサフィアは頬を引きつらせる。

もちろん、普通に終わるはずがないことは覚悟しているが、大暴れときた。大騒動になっても構わないけれど、戦闘だけは回避したい。

（というか、なにかが起こる前にユリ様と接触しないと）

そう視線を走らせるも、まだ彼女の姿は見えない。かと思えば唐突に腰を引かれ、サフィアは顔を上げる。

「忙しくなりそうだな。だったらサフィア、その前に」

アルシェイドにサッと手を取られ、いつものように光の神環に、そして手の甲に、指先にとキスが贈られる。

そうだ、今日は光の神環を隠さず、しっかり見えるようにしていたのだった。

人々の注目も神環に注がれ、わっと声があがる。

「俺と踊ってくれるな？」

その時の彼の表情。自信に満ちたルビーレッドの瞳に吸い込まれそうだ。

こくりと、無意識に頷いていた。それに彼は満足したようで、ゆっくりと手を引かれる。

サッと、サフィアたちの前に道が開けた。ホールの中央、ふたりのために空けられた空間がある。アルシェイドは淀みなくそこに向かって歩き、やがてピタリと静止した。

ふたりの到着を待っていたかのように、停止していた音楽が再び流れはじめる。この国で最もポピュラーなワルツだ。光の神と、闇の神の融和を奏でる一曲である。

優雅な三拍子に合わせて、アルシェイドが動きだした。サフィアもそれに遅れないように、慌てて体を揺らす。

「大丈夫、上手だ」

緊張で体が強張っていることくらいお見通しなのだろう。アルシェイドは体を寄せ、そっと耳元で囁く。

「俺だけ見て」

言われた通り、顔を上げる。

アルシェイドは眩しいくらいの笑みを浮かべていて、心臓がドキンと鼓動した。

だって、こんなにも近い。体を密着させていると、どうしても彼の体温を感じてしまう。

まるで夢のような時間だった。彼は惜しみなくサフィアに愛情を示してくれる。彼の一挙手一投足があまりに甘くて、サフィアもこの手を離したくなくなる。

きっとこれが最後のダンスになるだろう。

そう、最後にしなければいけない。サフィアは今日こそ番解消の方法を見つけて、彼とサヨナラするのだ。

(だから神様、お願いです。今は、今だけは――)

この夢に浸らせてほしい。

アルシェイドのことを独り占めして、彼の愛情を感じさせてほしい。

泣きたい気持ちを押し殺し、サフィアは満面の笑みを浮かべる。

うん、大丈夫。この笑顔も嘘じゃない。幸せで満たされているのは本当なのだ。

アルシェイドと出会えて、少しの間だけでも番でいられて、サフィアの人生は最高に幸福だった。それだけは胸を張って言える。

(アルシェイド殿下、好きです)

サフィアに幸福をくれた人。

絶対に、彼の寿命を奪ってはいけない。

（大好き。愛しています。――だから）

――決着をつけなければ。

夢はいつか醒めるものだ。あっという間に一曲が終わり、サフィアはそっと足を止める。

「アルシェイド殿下、ありがとうございました」

「いや、こちらこそ」

「いい思い出になりました」

そうにっこりと微笑むと、アルシェイドはわずかに眉尻を下げる。

「最後みたいな言い方をしないでくれ。俺はあなたの望みは叶えたいが、あなたを諦めたわけじゃない」

「ふふ」

上手な返事ができなかった。ズキン、と心が痛み、視線を横に逸らす。

アルシェイドが傷ついたような顔をしたけれど、どうしようもない。言葉少なに会場を見回すと、こちらのダンスを食い入るように見ていた少女と目が合った。

（いよいよね）

ユリだ。いつの間にか彼女も会場入りしていたらしい。

サフィアと同じく聖女のローブを思わせる白のドレスを纏って、そこに立っている。ただ、彼女の方がふんわりしたシルエットで、聖女というよりはお姫様のような装いだ。艶やかな黒髪に、白いドレスが本当によく似合っている。

おそらく、サフィアのドレスと同じ思いで仕立てられたものなのだろう。自分が貴族と教会の架け橋になるとでも言いたげだ。

「楽しい時間は、あっという間だな」

アルシェイドがハアと息を吐き、彼女に目を向けた。目が合ったかと思うと、ユリがパアアアと表情を明るくする。

「アルシェイド様っ！　お久しぶりですぅ！」

パタパタとこちらに駆けつけてきたかと思えば、また彼に飛びつこうとする。が、もちろんそれを許すアルシェイドではない。

バッと片手を前にかざした瞬間、ユリもピタリと足を止めた。

以前、結界に阻まれたことは覚えているのだろう。もう同じ轍は踏まないと、ユリはすまし顔だ。

彼女の後ろには、ロレンスやウィルフレアが控えている。さらにゼノまでが反対方向からひょっこり顔を出して、アルシェイドの肩に腕をかけた。

「ゼノだあ！　もう、どうして今まであたしのところに来てくれなかったのよ？」

瞬間、ユリの顔がキラキラと輝くが、ゼノは不愉快そうに顔をしかめる。

「なんだコイツ、いきなりタメ語？」

歯に衣着せぬもの言いだが、実際その通りだ。ゼノは普段は冒険者として活躍しているが、元は隣国の有力者なのだ。こうして公の場に出てきたからには、蔑ろにしていい相手ではない。

「あなたの席はちゃんと用意しているのに。――あ、もちろんアルシェイド様も」

ゼノの文句など綺麗に右から左へ抜けてしまったようである。きゅるんとした笑顔で小首を傾げる仕草はチャーミングだが、ゼノもアルシェイドも怪訝な顔つきをするだけだ。

「君に名前を呼ぶ許可を出したつもりはないが」

「ああん、塩対応！　解釈一致！　やっぱり闇様はこうでなくっちゃ！」

咎められても全然へこたれていない。むしろ、よりキラキラした目をアルシェイドに向けている。

「サフィア、すげえな。コレのオママゴトに今まで付き合ってきたのか？」

ゼノが大袈裟に肩を竦めながら親指で指しているが、返答に困る。あはは、と苦笑いを浮かべるだけだ。

「ゼノったら、三十年前も相変わらずなのね。でも大丈夫。あなたの部族の問題は、あたしが解決してあげるから」

「……っ？」

しかし、不穏な言葉にゼノは固まった。

「あたしにはぁ、お見通しなのよ？　最近大森林から精霊が減りつつあるんでしょ？　しかも、風の精霊ばっかり」

ゼノの表情が厳しく変わった。ギュッと眉を寄せ、小さく尋ねる。

「……どうしてそれを」

「ふふっ、あたしにはわかるのよ。ちなみに、それ、そのうち風の精霊だけの問題じゃなくなるのよね。土、それから水の精霊も徐々に森から姿を消していくの」

予言だ。突然始まった渡り人の未来予知に、会場がざわめく。

皆の注目を一手に浴び、ユリも吝かではないのだろう。ゆったりとした動作で頬に手を当て、口を尖らせながら小首を傾げる。

「いなくなった風の精霊の穴を埋めるために、やがてゼノは大森林から離れられなくなるわ。あたしは、それを救いたいの」

「なんだと？」

さすがのゼノも、看過できない内容だったのだろう。

「どういうことだ！」

と問いただすも、ユリは不敵に微笑み、今度はアルシェイドを見やる。

「それに、闇様も。――予言するわ」

ビシッとこちらに指をさし、彼女は表情を引きしめる。

「闇様はやっぱり、闇堕ちしてしまうのよ！　今の光の神環の持ち主サフィア・リアノーラのせいで！」

まさに迫真といわんばかりの宣言に、誰もが息を呑む。

サフィアを護らんとばかりに、アルシェイドがサッと前に出た。その厳しい表情。怜悧な瞳を向けられ、ユリは怯むどころかますます声を高らかに主張する。

「みんな、騙されてはいけないわ！　その女は、あたしを召喚した時、あたしから光の神環を奪ったのよ！」

まさかの言い分に、サフィアの心臓が嫌な音を立てて軋んだ。

「違います！　この神環は、あなたを召喚する前からずっと手元にありました！　奪ってなんか――」

「でも、それを見た人って誰もいないのでしょう？」

「…………っ」

やられた、と思った。

確かにいない。それを知っているのはロレンスだけ。だって、この腕輪はずっと隠せと言われてきたから。

「だいたいおかしいのよ。あなたみたいなモブが、あたしよりも光の魔力が強いって。召喚する時に、魔力もあたしから奪ったのよね」

「え」

あまりの決めつけに絶句する。

けれど、彼女の主張を否定する材料もない。サフィアは狼狽えながら、一歩、二歩と後ろに下がった。

「とんでもない妄言を吐く女だな」

しかし、アルシェイドの厳しい声にハッとする。彼は絶対零度の瞳でユリを睨みつけ、低い声を出す。

「光の神環は、ずっとサフィアが所有していた。ただ、その事実を伏せられていただけだ」

「闇様は騙されているんです。闇様の神環の番になるのは、本当はあたしだったはずなのに」

ユリが口を尖らせる。そして、再びサフィアを睨みつけた。

「だから闇様のためを思うなら、いい加減、あたしに光の神環を返しなさい！」

「返す……」

彼女の言葉を聞いた時、やはりと思った。

（もしかして、ユリ様は、その方法があることを知っている？）

ひいては、神環の番の解消方法も。

どくん、どくん、と心臓が鼓動する。周囲のざわめきは大きいはずなのに、耳に入ってこない。自分の鼓動の音だけが妙に耳の奥に鳴り響いた。

もし、ここでユリの言葉を受け入れたら。

（神環の番は解消できる……？）

どうせ死ぬ身だ。自分の評判などなんでもいい。ならここで、自分の罪として認めたら、ユリが番関係を解消してくれるのでは。

ぐらりと、心が揺れた。それはとても、甘い誘いのような気がしたからだ。

自分さえ謂れのない罪を認めたら、アルシェイドを解放してあげられる。

もう、思い出はたくさんもらった。人生最大の幸福だって感じられた。サフィアの人生に悔いなどない。

サフィアを護ってくれているこの優しい人を、サフィアが独り占めしていていいはずがない。

「ユリ様は――」

番の解消方法を知っているのですか。そう尋ねようとした瞬間だった。

ぐらりと、地面が揺れた気がした。

次にやってきたのは魔力波だ。どこかで、大きな魔力の揺らぎが起こった。

瞬間、嫌な予感が駆け巡り、反射的に魔力を練る。

それは、アルシェイドやゼノ、そしてロレンスなど他の神環持ちたちも同じなのだろう。皆が同時に反応するが、誰よりも早くサフィアが会場全体を包み込むような結界を完成させる。

とんでもない魔力波だった。

ガタガタガタ！と窓が揺れた。しかし、結界のおかげでどうにか無事だ。

後から追いかけるようにして、なにかの雄叫びが聞こえた。グオオオオオ！と、地響きのような低い鳴き声に、人々は恐怖し声をあげた。

「きゃあああ⁉」

「なに⁉　なにが起こったんだ⁉」

なにが起こっているかなんて、明白だ。

四年前の大瘴気。かの災害の中で戦い続けてきた者なら、否が応でも悟ってしまう。

「っ、スタンピードか！」

アルシェイドが目を剥いた。そして、ユリの方へと振り返る。

「まさか、お前、これも知って――⁉」

勿体ぶるように、ユリは頷く。

「当然じゃないですか。だから、神環の持ち主が集まらないと危険って」

「知っていたのなら、なぜもっとはっきりと言わない⁉」

「え？」

ユリはぽかんと口を開ける。

「くっ！　俺は出る！　ゼノ！」

「ああ！」

もともとパーティーを組んでいたふたりは頷き合い、すぐさま駆け出した。もちろん、サフィアもすぐに動き出す。

この事態を予言していたことに対し、ユリは得意げな様子だったが、咎められたことに驚いたようだ。えっ、えっ、と戸惑っているだけだ。

「どうして黙っていたのですか！」

「え？」

「あなたが黙っていたせいで、大勢の人が巻き込まれる事態になっただけじゃないですか！人の命に関わることなのに、どうしてヘラヘラしていられるのですか⁉」

心底理解ができない。けれど、ここで足止めを食らっているわけにはいかない。強い口調でユリを咎め、サフィアも走り出す。

「皆さん！　この会場内に強固な結界を張りました！　外には出ないで！　私たちが食い止めます‼」

大声で宣言して、会場を飛び出した。そうして、大きな窓の外に視線を向ける。

おびただしい瘴気の量だった。それが、空から飛来している。

（あれは、瘴気瘤⁉）

とてつもなく濃い瘴気だ。魔力の少ない者でも目視できるほどの瘴気の塊。周囲に瘴気を振りまくだけでなく、瘤の中から魔物を生み出す厄介な存在である。

（もしかして、今日は紫月の夜だから）

闇の力が最も強くなる日だ。こういう特殊な日に、瘴気は大きく影響される。

神環の番であるおかげで、居場所がはっきりわかる。おそらく、屋上へと向かったのだろう。

（アルシェイド殿下は上ね！）

迷うことなくサフィアも追いかける。

外は阿鼻叫喚の状態だった。瘴気瘤から生み出された魔物たちの多くは翼を有しているようだ。空から人々を襲撃し、あちこちで悲鳴があがっている。

城壁の上から大勢の弓兵と魔法兵が空に向かって攻撃を放っている。しかし、敵の数があまりに多すぎた。まさに多勢に無勢だ。

（アルシェイド殿下は――いた！）

魔法を駆使して戦っているのだろう。すごい跳躍力で空へと跳び、黒の魔法剣で大型の魔物を斬っていく。小型のものは魔法の刃で撃ち落とし、次々と魔物を薙いでいった。

（すごい）

彼の戦闘は初めて見た。まさに圧巻のひと言だ。

彼自身が飛行できるわけではないのに、魔物の背を足場にして、どんどんと空に向かって跳躍している。そうして強力そうな魔物から順番に相手し、斬り伏せていっているのだ。

闇の神環持ちの英雄と称するに相応しく、圧倒的な戦闘力が心強い。同時に負けていられないと思う。

「アルシェイド殿下！　ゼノ様！　助力します！」

そう叫んで魔力を練る。

大丈夫。以前の、大瘴気時代の自分とは違う。

（こればかりは、ユリ様に感謝ね）

遠隔治癒魔法を習得した際、同じように学んだものがある。

瘴気を祓う浄化魔法。あれもまた、本来ならば瘴気に手を当てなければいけなかったけれど――。

（これだけ広範囲に蔓延っているのだもの。一気に祓ってしまいましょう！）

今のサフィアなら、それだけのこともやってのけられるはず。

だからサフィアは祈った。遠くの空にある、瘴気瘤に向かって強く。

紫月の光を浴びて、どんどん大きく育っている瘴気瘤。それを覆うかのように光の魔力を放つ。広く、広く、どこまでも――。

しかし、魔物もぼんやりと見ているわけではないらしい。サフィアが瘴気を祓っていることに気が付いたのか、彼らのターゲットがこちらに集中する。

サフィアの立つ本館の屋上に向かって一斉に滑空してきた。

「サフィア！」

アルシェイドの声が聞こえた。かと思えば、彼の放つ闇魔法が、サフィアを狙っていた魔物たちをどんどんと撃ち落とす。

「くっ！　数が多いな！」

本当はこちらに合流したいのだろう。しかし、彼にしか相手にできない魔物があまりに多い。

アルシェイドが集中を切らしたら、今の拮抗状態が一気に崩れる。

「大丈夫です！　アルシェイド殿下はそちらに専念して！」

自分ひとりを護る結界くらいは張れるのだ。心配などいらない。サフィアも、サフィアにできることをするだけだ。

アルシェイドたちが魔物を駆逐していく一方で、サフィアもどんどん瘴気を祓っていく。

ごっそりと魔力が奪われていくが、大丈夫。まだやれる。

しかし、ひときわ大きく瘴気瘤が膨らんだかと思えば、別の形に変わっていく。

「あれは――」

「嘘だろ、ドラゴンだって⁉」

誰もが空を指差した。

これだけの数の魔物を討伐するだけで手一杯なのに、さらにドラゴンが出現するなんて。

しかも、その色彩は黒。ブラックドラゴンだ。

「殿下！」

「瘴気竜か、厄介な！」

かつてアルシェイドはブラックドラゴンと対峙した。ゼノと、精鋭の彼の仲間とともに。

しかし、ここにいるのはその中のふたりだけ。もちろん他の兵や騎士たちもいるが、並の実力程度では足手まといになるだけだろう。

目の前で大勢の者たちが傷ついていく。しかし、今のサフィアに彼らを治療してあげる余裕などなかった。

瘴気瘤から目を逸らすわけにはいかない。ここで食い止めなければ、もっと多くの魔物を生み出してしまう。

ぽたっと汗が流れ落ちた。瞬きひとつできなくて、目に汗が染みる。それでもサフィアは一心に、瘴気瘤に向かって魔力を注ぎ続ける。

小物はある程度一掃できたのか、いつの間にかゼノが合流してふたりでドラゴンと対峙している。彼らの力は拮抗していて、周囲の魔物を巻き込む形で消滅させていっているようだ。

しかし、人間たちはまだまだ分が悪い。そもそも、空を飛ぶ魔物との対抗手段が多くない上、負傷者が増えている。

弓兵の矢が尽き、さらに魔法兵の魔力も枯渇していった。徐々に戦線離脱する者が増え、阿鼻叫喚の光景が広がっていく。

（どうして）

さすがにサフィアも叫びたくなる。

（どうして、ロレンス様やウィルフレア様たちは来ないの⁉）

彼らは神環の持ち主だ。十分魔物とやり合えるだけの力を持っているはず。

今は人間同士でいがみ合っている場合ではないのだ。誰でもいい。援護を、そう思った時だった。

「きゃっ！　なにこれ、クライマックスヤバ！　こんなことになってたの⁉」

どこか場違いな声が響いたかと思えば、白いドレスが視界の端に揺れた。

「乙女ゲーって実はグロいの多いけど、やっぱライ渡も相当ね⁉　ウィル！　あたしを護ってよね⁉」

「御意」

ユリだ。かなり意外だったが、彼女が加勢しに来てくれたらしい。後ろにはウィルフレアとロレンスもいるようで、サフィア自身もホッとする。

（よかった、これでなんとかできる……！）

神環の持ち主が五人揃った。ロレンスとウィルフレアがアルシェイドたちと同等の実力を持っていると考えれば、とても心強い。

「ありがとうございます！　どうか、援護を！」

自然と表情が綻び、前を向く。

いざ味方となればこんなにも心強い人たちはいない。この瘴気瘤はどうにかできる。ようやく希望が見えてきて、口の端を上げた。

しかし、油断などしてはいけなかったのだ。

突然、羽交い締めにされた。逞しい男の腕だ。いったいなにが起こったのかわからず、サフィアの頭は真っ白になる。

「ユリ様！　本当にこれでよろしいのですか⁉」

「もちろんよウィル！　光の神環を返してもらうには今しかないの！　これは世界のためなのよ！」

ふたりの会話が届いてようやく、サフィアを捕らえているのがウィルフレアで、彼らが味方ではなかったことを察した。

「なにをするの⁉」

「聞こえていたでしょう？　いい加減、返してもらおうと思って」

ユリがゆっくり、ゆっくりとこちらに近づいてくる。異変に気付き、加勢しようと駆けつけてくれた騎士たちもいた。しかし、ロレンスが結界を張り、彼らを弾き飛ばしてしまう。

バタバタと藻掻くも、ウィルフレアは男性で聖騎士だ。単純に力で勝てるはずもない。

「やめて！　せめて、あの瘴気瘤をなんとかするまでは！」

懇願するけれど、ユリはゆっくりと口の端を上げるだけ。

「なに言ってるの。なんとかされたら困るのよ」

「え？」

「だって、濃い瘴気がなかったら、あなたの神環を壊せないじゃない」

「なにを……？」

言っているのかわからない。サフィアは大きく目を見開き、ユリを凝視する。

「サフィア！」

遠くでアルシェイドが叫んだ。こちらの異変に気付いたのだろう。焦るような声とともに、バチバチ！と黒い刃のようなものが放たれる。

しかしそれもロレンスの結界に阻まれた。さすが水の神環の持ち主。いくらアルシェイドとはいえ、片手間にどうこうできる相手ではない。

「だめ！　アルシェイド殿下はドラゴンに集中して！」

それだけは絶対だ。こちらを気にして勝てるような相手ではない。

「私は大丈夫ですから！」

アルシェイドがくしゃりと表情を歪ませた。サフィアの言い分もわかっているのだろう。今は目の前のブラックドラゴンに集中すべきことくらい。

「クソ！　このデカブツ！」

「一気にケリをつける！」

ゼノと呼吸を合わせて、彼らは大きな魔力を練る。ゼノが大きく風を巻き起こし、ブラックドラゴンの体勢を崩す。そのままマジックトラップをいくつも設置し、相手の動きを止めた。

一方のアルシェイドは闇を練り上げ、大きな黒い剣を生み出した。それを一閃、ようやくドラゴンの片翼を薙ぐ。

ギュオオオオオ！と地面に響くほどの咆哮をあげ、ドラゴンが墜落する。城の一角にぶちあたり一部を崩壊させるも、相手はドラゴンだ。片翼程度では致命傷とならない。

傷つけられた怒りで凶暴化し、今度は地上を荒らし回した。

だめだ。城の内部には大勢の人がいる。このまま暴れられては、多くの人が危険に晒される。

さらに間の悪いことに、サフィアの手が止まっている間に、上空の瘴気瘤がさらに膨張を始めた。このままでは、また魔物が放出されてしまう。

「っ、やめて！　神環なんていくらでもあげる！　神環の番だって、いつだって解消してあげるから！　だから、あの瘴気瘤を！　瘴気瘤だけなんとかさせて！」

それが終わればいくらでも差し出そう。サフィアの全部をあげる。どうせ、すぐになくなるものだから。

「お願い！」

悲痛な叫びをあげるも、その程度ではユリは頷かない。サフィアの言葉など届いていないのか、興奮気味に空を見上げている。

「すごい、ほんとにゲームで見たバッドエンドそのものね。このまま行けば、瘴気瘤は光の神環目がけて――ほら、壊れるわ！」

　すべて彼女はわかっていたのだろう。瘴気瘤を生み出すほどの濃い瘴気が、光の神環を破壊すると。破壊とは即ち、神環の番関係の解消を意味する。

（まさか、こんな形で番関係がなくなっちゃうなんて）

　サフィア自身、ずっと望んできたことではある。でも、この状況下で強引に押し進めるだなんて、なんと恐ろしいことか。サフィアはキッとユリを睨みつけた。

　一方のユリは実に楽しげに、パチパチパチと手を叩いている。瘴気瘤が大きくなる事態に歓喜すらしている。そら恐ろしさすら感じ、サフィアは膝を折った。

「どうして……どうしてそうも、喜べるのですか」

「え？　だって、まさに聖地巡礼じゃない⁉　ゲームと同じ場面を見られるなんて！」

　彼女はキャーッと声をあげ、こちらを見下ろしてくる。

　紫月は瘴気に覆われた。それを背に、にっこりと微笑むユリ。彼女こそ、悪魔と言わずして誰を悪魔と言うのだ。

　本当にこの人に光の神環を渡していいのか。そんな想いが胸の奥を駆け巡る。

　でももう遅い。サフィアはガッチリと取り押さえられ、身動きひとつ取れない。

「見て！　瘴気瘤が膨らむわ！」

　ユリがひときわ大きな声をあげる。瘴気がすべて、紫の月に取り込まれていく。

やがて月が涙を流すかのように、澱んだ光を放出し、それらが液体となって地上へ流れ落ちた。まるでサフィアの位置がわかっているかのように、真っ直ぐ、光の神環へ向かって。

「きゃあああ！」

それは、瘴気の濁流だった。あまりにも濃い瘴気が、全部そのままサフィアに注がれる。

澱み、猛り、憤怒、悲哀、ありとあらゆる負の感情が流れ込んできて、溢れてしまいそうだ。

呼吸することすら難しいが、サフィアは歯を食いしばる。

苦しい。

いつか、瘴気中毒だった時のアルシェイドを想う。

あの時、離れていても彼の中に溜まった負の渦を感じていた。それと同じ、いや、それ以上の圧倒的な感情の波だ。

（でも）

サフィアはあえて呼吸を止めた。

この体内から、なにひとつ外に放出してたまるものか。流れ込んでくる瘴気を全部受けとめてやる。サフィアの体内で全部、全部浄化したら、あの瘴気瘤を消滅させられるはず。

大丈夫。やるべきことは同じだ。遠隔でないだけ、魔力を無駄にせずに済む。

いつも通りやればいい。この体内に流れる魔力一滴すら無駄にしない。全部。サフィアの全部をかけて綺麗にしてやればいい。そうしたら、すべてを救えるのだから。

（ええい、流れるな、涙！）

怖い。苦しい。こんなの、魔力だけじゃ足りない。でも――。

ひとつだけ、今になってわかったことがある。

（そっか、召喚魔法って、そういうことだったのね）

どうしてこの命が削られたのか。今さらながら理解した。光の魔力はおそらく、命とすごく近いところにある。だから、魔力が足りなければ、命で補うことができたのだ。

今だって同じ。自分の魔力が足りないなら、残ったサフィアの寿命全部使えばいい。あと半年程度のものしかないけれど。それなら全部差し出せる。

でも、今じゃない。だって、今この命を差し出してしまえば、アルシェイドの命を巻き込んでしまう。

（光の神環さえ、壊れたら）

そうしたら、番関係もなくなる。残りの命を惜しみなく捧げられるのだ。

「う、うう……っ」

ああ、いくら覚悟しても怖い。神環を失うのがこんなにも。

これで神環が砕けたら。本当に神環の番が解除されてしまったら、サフィアは終わりだ。

もう、ウィルフレアもサフィアを押さえていない。なんの支えもなければ、その場に倒れ込むだけだ。サフィアは力なく膝から崩れ落ち、ふと、右腕に視線を送る。

パキ、と音がした。罅が一本。パキパキパキ、と、さらに全体に広がっていく。

やがて神環は粉々になり、光とともに消失していき――。

（全部終わりね）

体の中に、番を失った喪失感が広がっていく。

（アルシェイド殿下を傷つけてしまうわね）

彼の知らないところで野垂れ死のうって決めていたのに、とんだ最期になってしまう。

（きっと、殿下は泣いてくださる）

ごめん。ごめんなさいと心の奥で念じ、残った命すべてを使って、瘴気を受けとめる。

不思議と笑みが溢れてきた。ああ、もう自分の中の全部だ。空っぽになるくらい、サフィアのもとの命も、魔力も全部使った。

瘴気はすべてサフィアが引き受けた。もう、なにも残らない。でもサフィアは、満足げに口の端を上げる。

（これで、全部……）

この体内で、すべてを綺麗に浄化しきった。きっと、これで大丈夫だ。

達成感とともに、ようやく涙がこぼれる。サフィアは仰向けに倒れたまま、ぼんやりと月を見ていた。

元の美しい紫の月だ。空の黒と紫。まるでアルシェイドの髪色みたいだ。

（どうせ近くで死ぬなら、最期に殿下の顔を見て死にたかった）

でも、それももう叶わないだろう。サフィアには立ち上がる力すら残っていない。

「ちょっと!?」

ただ、静かに死なせてはくれないらしい。すぐそばでユリが癇癪を起こしている。

「光の神環は!?　そのモブ女の神環は消えたのに！　どうして！　どうしてどうしてどうして
あたしのもとに来ないのよ!?」

そんなこと、サフィアに問われても知らない。もう、答える元気もない。

「サフィア!!」

その時だ。瘴気瘤が消滅し、ブラックドラゴンの攻勢が緩んだのだろう。

一瞬の隙を捉えてとどめを刺したらしいアルシェイドが駆けつけてくる。

倒れ込んだサフィア、呆けているウィルフレア、結界を張ったままのロレンスに、癇癪を起
こしているユリ。こちらの惨状を目にして、アルシェイドは叫ぶ。

「うあああああ！」

手にした闇の剣であっという間に結界を粉砕し、ロレンスを蹴倒した。慌てたウィルフレア
が反撃体勢に入るも、ものともしない。軽く相手の攻撃を受け流し、一閃。ドンッ！とウィル
フレアの体を吹き飛ばす。

「サフィア！　無事か!!」

「……アルシェイド、殿下」

よかった。やっぱり心残りだった。最期に、彼の顔を見られそうだ。

でも、どれだけ瞬いても、彼の綺麗な顔がはっきりとは映らない。

「やだ、お顔が。……見たいのに」

掠れてしまってどうしても映らない。涙はもう流れていないのに。全部枯れて、一滴も出ないのに。

「サフィア、すぐに他の聖女を。助けてやるから！」

それは難しいのだ。でも、説明したくてもうまく言葉が紡げない。

「無理、です」

これがサフィアの精一杯だ。そのひと言でなにかを悟ったのか、アルシェイドが目を見開いたのがわかった。

全身の感覚がなくなっていく。せっかくアルシェイドに抱きしめてもらっているのに、彼の体温すらわからない。

少しでも、彼の存在を感じたくて、震える手で彼の手を探す。彼はサフィアの気持ちを汲み、ハシッとこの手を掴んでくれた。

大きな手だ。結局、ただの一度も、サフィアは自らの意志でこの手を掴もうとしなかった。

「闇様！　どうして？　その女はもう死ぬのに！」

「うるさい！」

ユリの言葉など聞く耳を持たない。アルシェイドはピシャリと拒絶する。

しかしユリに一歩も退く気はなさそうだ。

「だって！　その女は、あなたの寿命を削っていたのに！　余命一年しかないモブなのに！

あなたの番になって、あなたの寿命を奪っていた性悪なのよ‼」

ユリの悲痛な訴えに、アルシェイドの体がぶるりと震えた。

（ああ、とうとうバレちゃった）

彼の与り知らぬところで死ねなかったどころか、一番の秘密だって隠し通せなかった。

サフィアは迷惑をかけてばかり。ろくでもない女だ。

ごめんなさい。そう心で呟きながらも、乾いた笑いしか出てこない。

「バレちゃい、ましたね……」

ひと言発するだけで、喉の奥が焼けるようだった。呼吸がどんどん細くなり、いよいよ声にならなくなる。

そうだったのか、と彼が呟いた。

最後の最後で失望された。全身が痛くて、寒くて、冷たくて、胸の痛みかすら判断できないけれど、ほろりと、一滴だけ涙がこぼれた。

一瞬だけクリアになった視界。彼がくしゃりと目を細め、サフィアをギュウギュウに抱きしめる。

「いいんだ」

彼が息を呑む。

「俺の寿命など、いくらでもくれてやる！　だから――！」

死ぬな！　その言葉が声になったか、ならなかったか。次の瞬間には彼の唇が落ちていた。

（温かい）

ようやく、彼の体温を感じられた気がして、サフィアは目を細める。

アルシェイドの薄い唇。それが、今度は彼の意思で落とされている。

失望なんてされていなかった。こんなにもサフィアは求められていたのだ。

（ごめんなさい）

謝っても、謝りきれない。

ちゃんと足掻けばよかった。彼と番のままでいたいと、諦めずにいればよかった。

そうすれば、こんなにも彼を苦しめなくて済んだかもしれないのに。

でももう遅い。サフィアの命はここで尽きるのだ。そう思って瞳を閉じる。

――ざわめきが起きた。

すでに音を拾うことも難しくなっていたサフィアの耳に、はっきりとそれが届いた。

次に届いたのは光だ。瞼を閉じていてもわかるほどの眩い光。それがサフィア自身から放たれる。同じようにアルシェイドの神環からも、紫の光が放たれているようだ。

「これは」

アルシェイドがわずかに唇を離し、サフィアを抱き上げる。彼に支えられるまま上半身を起こし、瞼を持ち上げる。

霞んでいたはずの視界がクリアになり、瞳に映る彼のルビーレッド。

目が合った。驚くようにアルシェイドが両目を見開く。

光はまだ放たれたまま。やがてそれぞれの右手に集束していくけれど、それを気にしている余裕などなかった。

全身に魔力が満ちていく。失われたはずの力が全部、全部戻ってきたみたいに。

「サフィア」

ルビーレッドの瞳が揺れた。

「サフィア、サフィア……！」

ほろほろと、彼の瞳から涙が溢れていく。それは宝石のようにキラキラと輝き、その美しさに目を奪われた。

「アルシェイド、殿下」

声が、出た。痛くない。全身。どこも。ちっとも。なにひとつ痛まない。苦しくない。呼吸ができる。生きている。

「殿下、私――」

再び唇が落ちてくる。言葉の最後まで待てないとばかりに、性急なキスだ。

彼の温もりを感じながら、サフィアは睫毛を震わせた。同時に、渇望する。

「私――やっぱり生きたい」

「っ、……！」

苦しいくらい、ギュウギュウに抱きしめられた。それが彼の答えだ。

いったいどんな奇跡が起きたのかはわからない。ただ、サフィアの命は繋がれて、今、彼と抱きしめ合っている。それがすべてだ。

「――あ」

ふと、光が集束した右手に目を向ける。

そこには砕けたはずの神環が、きらりと輝いていたのだった。

「神環が」

「ああ」

アルシェイドが目を細める。そうして、もう一度唇を重ねてきた。

「番に、戻れたな」

一度では安心できないのか、二度、三度。もう絶対に離さないとばかりに幾度も。

苦しいくらいに抱きしめられ、でも、その温もりが嬉しい。彼の心臓の音が聞こえてきて、ああ、生きていると思う。

いつまでもこうしていたいけれど、放っておいてくれはしないらしい。

「その神環は！　あたしの！　返して‼」

奇声をあげながらユリが飛びついてくる。

「邪魔だ」

しかしアルシェイドは彼女に目もくれず、あっさりと結界で阻む。彼の視線はサフィアに向けられたまま。潤んだルビーレッドが愛しげに細められる。

「なんてことだ。このままでは――――！」

「ユリ様！　このっ！」

次はロレンスとウィルフレアだ。水の魔法と炎の魔法剣が同時に襲いかかってくるけれど、それがサフィアたちに届くこともない。

「ハイハイ。今ちょっかい出したら、馬に蹴られて死ぬぜ？」

暴風が吹き荒れ、炎の魔法剣は宙へ吹き飛ばされ、さらにロレンスも蹴倒される。ゼノが完全に不意打ちを取る形で、あっという間にふたりを制してしまう。

「ンだよ、それでも神環の持ち主か？　クソ弱ェじゃねえか」

修行が足りねえな、と、ゼノはロレンスの上に乗っかったまま、ニヤニヤと笑っている。傍観していた周囲の騎士たちもハッとして、残ったユリとウィルフレアを取り押さえた。

「なによ！　乱暴なことしないで！　あたしは渡り人で！　光の神環の持ち主になるのよ！」

取り押さえられたまま大騒ぎするユリに、同じく抵抗するウィルフレア。ロレンスは悔しそうに唇を噛んでいる。

魔物たちも大方片づいたようで、あちこちで勝ち鬨(どき)があがりはじめる。

「終わったようだな」

頃合いを見計らって、カンカンカン、と靴音が近づいてきた。

立場上、魔物の襲来が落ち着くまでは外に出られなかったのだろう。アルシェイドによく似た顔立ちで、しかし色彩がまるで違う男性が二名。ひとりは先日会った王太子ジグリウドだが、もうひとり、壮年の男性の顔を見てサフィアは目を見張る。

アルシェイドからわずかに体を離し、頭を垂れる。しかし、その男性は柔和に微笑んだ。

「構わぬ、面を上げよ」

威厳に満ちた声の響き。ああ、やはりと思う。

「陛下」

この国の国王、イズラン・ノイエ・ライファミルその人だ。

恐れ多くて震えるも、アルシェイドが優しく背中を撫で、大丈夫だと耳元で囁きかけてくれる。こくんと頷き、サフィアは地面に膝をついたまま彼を見上げた。

「まずは怪我人の救護だ！　手の空いている者は崩れた東館に向かえ！」

彼の言葉に、屋上や城壁の上にいた者たちが一斉に動きはじめる。

戦闘中は周囲を見る余裕などほとんどなかったが、国の中枢だけあって皆動きが速い。これなら大丈夫、と胸を撫で下ろす。

「さて、ユリといったか。そなたはこの重大な事態を知っておきながら隠蔽していたと？」

「待って！　だって、予言よ⁉　起こるかどうかわからないことを言わないのって、別に罪じゃないわよね⁉」

まさか自分が咎められると思っていなかったのだろう。彼女は顔色を変え、訴えかける。

「しかしながら、この緊急時に光の神環の持ち主サフィア・リアノーラを妨害し、すべての騎士、兵の命を危機に晒したことは紛れもない事実だろう」

「ち、違……っ！　違うわ！　むしろ逆よ！　あのモブじゃ対処しきれないから、あたしが代わろうとしただけ！　光の神環さえ手に入れたらあたしの方が絶対！　絶対に強いもの‼」

「結局、そなたにはその資格はなかったようだが？」

「っ、それは……！」

ユリの表情が歪んだ。一部始終、イズランにはしっかりと伝わっていたのだろう。光の神環が割れても、彼女の手元には現れなかった。彼女は、神の寵愛を得るに足る人物ではない。

そして事態はそれだけに留まらなかった。

「あ、ああ！」

「なんだ！　どうして神環が⁉」

先ほどのサフィアと同じだ。ロレンス、ウィルフレア両名の神環に罅が入る。パリパリパリ、と罅は全体に広がり、やがて光とともに消失してしまったのだ。

「どうして！　どうして私の神環が⁉」

「罠だ！　そこの！　聖女の罠に違いない‼」

ふたりは口々に訴えるが、耳を傾ける者などいない。

「神に見放されたようだな」

代わりにアルシェイドの冷たい声だけが響き渡った。

彼はゆっくりと立ち上がり、三人の前へ歩いていく。ルビーレッドの瞳が怒りで揺れている。紫月の光を浴びた彼の横顔はあまりに美しく、そして恐ろしかった。

「陛下、彼らはこの場でサフィアを妨害しただけに留まらない。サフィアが光の神環持ちであることを、誰にも知られぬように隠蔽し、その力を独占しておりました。彼女を虐げ、彼女の功績はすべてそこの渡り人のものに。この渡り人には、なんの力もございません」

「そんな、予言が……！」

「虚栄のために利用しているだけではないか」

「っ、違う！　違う違う！　あたしは！　あなたのため！　世界を救うために！」

ユリの言葉は届かない。

どれだけ皆のためだと主張しても、彼女がサフィアを陥れようとしていたのを周囲の者たちは見ていたのだ。誰が彼女を信じるだろう。

「この国を混乱に陥れようとする存在など不要。陛下、極刑が相応しいと思うがいかがか。なんなら俺が――」

そう言いながらアルシェイドは魔法剣を生み出す。それを彼女に向け、冷たく言い放った。

「今ここで斬り伏せてみせますが」

「は？」

ユリの表情が固まった。いくらなんでも想定していなかった言葉だったのだろう。ガタガタガタと震え出す。

「そんな？　は？　ありえないでしょ？　だって、あたしは、召喚されて」

焦点が合っていない。表情は強張ったまま、信じられないとばかりに呟いた。

「召喚、されたのよ？　あたしの意志にかかわらず。――なのに、極刑？　死……」

ぽつ、ぽつ、ぽつと呟くうちに、その事実が理解できはじめたらしい。

「ありえないでしょ!?　だって、全部！　全部あなたたちの――ううん、その女のせいじゃない！　あたしを召喚したのも！　あたしから力を奪ったのも！　あたしから未来を搾取したのも全部!!　全部そのモブ!!　死ぬならその女が死ぬべきじゃないの!?」

ユリの言葉が虚しく響く。

ああ、と思う。本当に、この人はなにもわかっていないのだ。

誰かに責任を押しつけるだけで、自分がやったことをひとつも顧みない。

「だからあたしは正そうとしただけ！　今日しか正せなかったから。全部、元のゲームみたいに！　あたしがヒロインなの‼　わからないの⁉」

サフィアもゆらりと立ち上がる。

わかるはずがない。彼女の主張など、理解したくもない。

騎士たちに羽交い締めにされているユリの前へ歩いていき、右手を振り上げる。

パァーン！と肌を打つ音が周囲に鳴り響いた。

「な、な……！」

ユリは震えていた。ぽかんと口を開けたまま、頬を赤くして。

誰かを平手打ちするのは初めてだ。相手が誰であろうと、手の平も、心もこんなに痛むのに。

(手の平、痛い)

「痛いでしょ？」

「は？」

ユリがゆっくりと、視線をこちらに向けた。心底理解できないとばかりに目を剥いている。

「痛いのよ。ここは現実。あなたの求めるゲーム？のような、浮世離れした世界じゃない。現実なの」

今だって、戦闘の後、倒れた人々を介抱するために大勢の人たちが走り回っている。

生きるためだ。助けるためだ。目の前の命のために一生懸命な人たちがこんなにいるのに。

「現実」

ユリは呆けたまま、へたり込んだ。

「げん、じつ――」

少しでも、サフィアの言葉は届いただろうか。

わからない。それでも、どうしても伝えたかった。

「もういいだろう、連れていけ」

横で見ていたジグリウドが指示を出す。裁きは、正しく行われなければいけない。

ユリだけではない、ロレンスも、ウィルフレアも、三名がそれぞれ兵に引きずられていく。

乾いた空気。紫月はこんなにも美しいのに、地上はまだまだ大騒ぎだ。

「随分、瘴気がまき散らされてしまったようですね」

それを遠い目で見つめながら、サフィアは両手をかざす。

離れていても感じる。原因となった瘴気瘤は消滅させたが、人々の体内に入り込んだ微量の瘴気はそのままだ。怪我をしている人も多い。放置しておいていいはずがない。

「サフィア？」

「アルシェイド殿下、私、今、充ち満ちているんです」

先ほどの口づけのせいだろうか。再びこの体内に、魔力が溢れている。

よく見たらアルシェイドもボロボロだ。同じく、ゼノだって。

余裕がなくて、全然周囲を見られていなかった。

（待たせてしまってごめんなさい）

でも大丈夫。今のサフィアなら、このあり余っている魔力でいくらでも助けてあげられる。

だから祈りを捧げた。ふわりと優しい風が吹き、サフィアの銀色の髪が流れる。

淡い紫の月の光を浴びながら、サフィアの祈りが広がっていく。

（広がれ。広がれ。どんどん広がれ――）

なにかを意識しているわけではない。しかし、自然とサフィアの体から光が溢れ、それが城全体を包み込んでいく。

誰もが驚くように顔を上げた。夜空に舞い散る白の輝きが、人々の体に降り注いでいった。

「おい、これ」

「傷がどんどん塞がって」

「なんだか心も。こんなに軽く」

「気持ち悪くない！　おい！　動くぞ、体が!!」

光を浴びた人々が、どんどん歓声をあげていく。もちろん、すぐそばにいるアルシェイドも。

ゼノだって。体の傷が塞がるのを不思議そうな目で見守り、相好を崩す。

「あなたこそが大聖女みたいだな」

「アルシェイド殿下」

眩しそうに目を細めるから、なんだか照れてしまう。

もう、これ以上魔力を広げる必要もないだろう。両手を下げて、キュッと胸の前で重ねると、彼がゆっくりと肩を抱いてくれた。

「陛下、俺は、この国の大聖女は彼女こそ相応しいと思います」

ずっと空席だった大聖女の称号。本来は教会のもので、国が管理できるようなものではない。

しかしイズランは目を細め、ゆっくりと頷く。ジグリウドも、ゼノも、周囲の皆も。

「――そうだな」

イズランの言葉に、周囲が祝福の声をあげる。

「サフィア様！　おめでとうございます！」

「大聖女の誕生だ！」

「こんな治癒魔法、見たことない！」

次々と祝福の言葉が溢れ出し、オロオロしてしまう。

サフィアは称賛を浴びることにちっとも慣れていないのだ。居たたまれなくて身を捩るも、アルシェイドにしっかりと抱きしめられては逃げることもできない。

「どうだ、サフィア・リアノーラ。大聖女の称号を受ける気はあるか？」

イズランの問いに戸惑うだけだ。だって、大聖女なんて、この国の建国以来たったひとりしか選ばれなかった特別な称号だ。サフィアには分不相応な気がする。

オロオロしていると、隣にいるアルシェイドが肩を竦めて微笑んでいた。

「俺は、正直どちらでもいい。あなたが俺のそばで生きてさえくれたら、なんでもそばで生きる。その言葉がサフィアの中に染みていく。

ずっと欲しくて、しがみつきたくて、それでも見ないようにしてきた言葉だった。

「私、いいんですか。殿下の寿命を奪ったのに。それでも、一緒に生きて――」

「あ、そうか」

そこでふと、アルシェイドが目を丸める。

「……まさかアル、まだ言っていなかったのか」

「仕方がないだろう。俺だって、嫌われたくなくて必死だったんだ」

ボソボソとゼノと言い合いをしている。なんだろうと小首を傾げると、アルシェイドは困ったような笑みを浮かべ、肩を竦めた。

「竜血、という血がこの身に色濃く出ていてな。実は、もともと飽くほど長い寿命なんだ。半分くらいでちょうどいい」

「え？」

「だから、サフィア」

アルシェイドが膝をつく。サフィアの手を取ったまま、するりとグローブを抜き取る。彼自身も手袋を外し、直接肌に触れ合った。

ルビーレッドの瞳が甘く揺れる。真剣な眼差しに吸い込まれてしまいそうだ。

彼は恭しく、サフィアの手に唇を近づける。最初は神環に、それから手の甲に、指先に。さらにその手を己の頬にあて、サフィアの全部に希う。

「俺の妃になってくれ。番となって、命を半分分けて、あなたの命が俺で満たされてもまだ足りない。俺は、あなたのすべてが欲しい」

「アルシェイド殿下」

「――返事は？」

少しだけ、彼の声が震えた。薄い唇を引き結び、ジッとサフィアを見つめ続けている。

熱っぽい眼差しから目を逸らすことなんてできない。否定することなんて、とても。彼と離れる未来を選び取れるはずがない。

「――――はい。私」

どう言葉にしたらいいのかわからない。でも、ちゃんと伝えたかった。

彼がずっと伝えてくれていた溢れんばかりの好きの気持ちを、サフィアだって返したい。

「あなたが、好き。とても。とても好きです。その――」

ひと呼吸ついて、はっきりと告げる。

「愛しています」

「――――っ」

ルビーレッドの瞳が見開かれる。かと思えば、サフィアの視界がぐんっと高くなった。彼に腰を抱かれ、高く、高く持ち上げられる。

「サフィア！」

次に飛び込んできたのは、溢れんばかりの彼の笑みだった。

「サフィア、ありがとう！　愛している！」

あはははは！と彼の高らかな笑いが聞こえた。あのアルシェイドが声を出して笑っている。こんな表情を見るのは初めてで、サフィア自身の表情も綻んだ。

「私も、とても愛しています。アルシェイド殿下！」

「――そこは、アルと」

「えっ」

かと思えば、ぐっと抱き寄せられて、アルシェイドの顔がすぐそこに来る。

「アルと呼んでくれ、サフィア」

「あ、――アル、殿下」

「…………」

沈黙。つまり、そうじゃないということなのだろう。

正解はわかっているつもりだ。ただ、こちらも抵抗とか、心の準備とか、色々ある。

「いいじゃん、呼んでやれよ。サフィア」

「そうだな。いずれ家族になるのだ。今のうちから慣れておいてよかろう」

「アルにとってはご褒美だね」

なんて、ゼノだけでなくてイズランやジグリウドまでニマニマとこちらを見守っている。

（そうだった。私、皆の前で思いっきり）

好きとか、愛しているとか言ってしまった。

いや、もちろん気持ちは伝えたかったのだけれど、顔から火が出るほど恥ずかしい。

しかし、こちらに期待するような目で、ジーッと見つめられては覚悟を決めないわけにはいかない。

「愛しているわ、アル」

「ん――」

よくできました、とばかりにキスが落ちてくる。

もう何度目かわからないキスにクラクラしながら、サフィアは瞼を閉じる。

皆の祝福を浴びながら、ふたりは永遠を誓った。

エピローグ

白い衣装がふわっと揺れる。

いつかと同じマーメイドライン。ピタッと腰のラインがよくわかる作りだが、足元はたっぷりとフリルが重なり、動きやすくも豪奢なデザインだ。

聖女のローブを思わせるこのドレスに、最初は分不相応だと怖じ気づいたりもしたけれど、すっかり袖を通し慣れてしまった。

侍女たちに見守られながら、鏡の前で最終チェックをする。

(うん、変なところはないわよね)

ライファミルの大聖女、そんな称号をもらってから、もう二カ月が経っている。

季節は春の盛りだ。すっかり温かくなって、風も心地よくお出かけ日和だ。とはいっても、今日も大聖女としてのお勤めなのだけれども。

——あれから。サフィアは国所属の聖女として、人々の治療を続けている。

実は今、国によって城の敷地内に新しい教会を建築中で、いずれはそちらに所属することになっていた。

聖ファリエナ大教会と呼ばれた元の教会はまだまだ混乱状態だ。

ロレンスが捕らえられ、さらに神環の持ち主でなくなったことで、誰が次の大神官となるかで内部分裂が起こっているのだ。

人々の信仰は薄れ、戸惑いを露わにしている。ただ、サフィアもいたずらに教会を貶めるつもりはなくて、国と教会、ふたつの柱が共存する方法を探っている。まだまだ時間がかかるだろうが、少しでも、聖女の祈りが人々の近い場所にあればいいと思う。

捕らえられたロレンスとウィルフレアは、身分と財産剥奪の上、国外追放が決まった。神環を失った時、双方とも体内の魔力のほとんどが消失してしまったらしく、楽な生活にはならないだろう。

そもそも、なぜ彼らが魔力を失ったのかすら定かではない。同時に、サフィア自身がなぜ助かったのかも。

あの時、アルシェイドが口づけをくれた瞬間、光の神環はサフィアの手元に戻ってきた。でも、命も含めてすべて燃え尽きたサフィアの手元に、どうして再度神環が現れたのかはわからないままだ。

（神のみぞ知る、ってことなのかしら）

ロレンスたちが神から失望され、一方でサフィアは必要とされた。それ以上の解釈ができようもなかった。

水の神環と火の神環はどこへいってしまったのかはわからない。ただ、今度こそ、それに相応しい人物が授かりますようにと祈るだけだ。

さらにユリはというと、永久の幽閉が決まった。

実際、こちらの都合で彼女を召喚したのは事実だ。それを鑑みて処刑だけは免れたが、彼女の犯した罪は大きかった。

自白魔法によると、予言の中には彼女が都合よく作り上げた嘘や虚言も多く入り交じっていたらしい。サフィアだけでなく、ユリの気に食わない聖女が何人も貶められており、不当な処罰を受けていたようだ。

そうして他者を貶めただけでなく、教会の資金を無尽蔵に使い潰す彼女を、煙たく思っていた関係者も多かったようだ。誰も擁護をすることなく、厳しく裁判は執り行われた。

下された罰は幽閉だ。彼女は貴族の重罪人が送り込まれる北の塔と呼ばれる場所に入れられることとなった。

あそこは最も看守が厳しく、これから毎日、彼女は限界まで魔力を搾り取られることとなる。

死んだ方がマシだと思えるくらい、苛酷な生活となるだろう。

（でも、教会の聖女たちだって、魔力を酷使させられて生きていた）

その最たる者がサフィアだった。

これまでの自分の生き方を思い出すからこそ、同情する気は起きない。彼女は平気で、それを他者に強いていた。その意味を、彼女自身知らなければいけない。

そしてサフィア自身も、彼女の所業を忘れる気はない。大聖女の称号と光の神環を授かったからには、それに恥じぬ生き方をせねば。そう気持ちを引きしめる。

（――うん、今日も頑張らなくちゃね）

パン、と頬を打って気合いを入れる。

アルシェイドにも無理はするなと口を酸っぱくして言われているし、サフィアもようやく自分の仕事量をセーブできるようになってきた。油断するとすぐに無理をするから、よく怒られているのだ。

（昨日だって、怒られちゃったものね）

誰にかと言えば、つまり、アルシェイドにだ。

訪問してくれた患者を、もうひとり、あとひとり――と、結局全員診たところで詰められた。

（……わからされた、っていうのが正しいんだっけ）

アルシェイドのわからせは、なかなかにねちっこいのだ。思い出すだけで顔が赤面してしまうが、今は朝である。ぽやぽやしている暇はない。

自室を出て、階下に向かう。部屋は隣同士だが、毎朝この玄関ホールで待ち合わせをしているのだ。

「サフィア、来たか」

アルシェイドだ。その凜々しい姿に、サフィアは目を輝かせた。

朝食時も顔を合わせたが、仕事に出る時の彼はまた雰囲気が異なる。

いつも黒のコートのイメージがあったが、冒険者に交じって魔物退治をしていた時や、この屋敷に引き籠もっていた頃とは違って、今はまさに正しく騎士様だ。

白をベースにしたコートをキッチリ着込み、黒の肩かけマントが翻る。金糸の刺繡がたっぷり入っており、細部まで美しい。これまで見られなかった飾緒が揺れ、彼の身分を示している。

（第二王子様が私の護衛騎士っていうのもちょっと不思議なんだけど）

今の彼は、国家所属の聖騎士団長だ。つまり聖女の護衛と、瘴気に侵された魔物の討伐、両方の任を担っている。

このところ、ぱらぱらと国家所属の聖女が増えてきた関係で、新しく聖騎士団が創設されたのだ。その組織作りからすべて、アルシェイドが担っている。

本人はサフィアに貼りついていたがっているが、団長がそれでは示しがつかない。というわけで、同じ敷地内で働きながらも、彼も彼で忙しくしていた。

とはいっても、夕方になると、大聖女の体調管理が自分の仕事だのなんだのと主張して、強引に連れ返される。戻ってくるのはもちろん、王都外れのこの屋敷だ。

少し距離は遠いけれど、サフィアはこの屋敷を気に入っている。彼と穏やかに過ごした時間が刻まれた、優しい家だから。

（それに、お城までひとっ飛びだものね）

いや、別に飛行しているわけではないのだが。馬車などは使わず、身体強化したアルシェイドに連れられて、もう一瞬で着いてしまうのだ。改めて、彼の能力の高さに驚いてしまう。

毎日抱き上げられて出勤ってどうなの、とは思うけれども、もはや慣れだ。可能な限り彼はべったりと、サフィアから離れようとしない。

もちろんそれは、目の前でサフィアを失いかけたという彼の後悔から来る行動だとは知っている。

神環の番だから、意識をすれば互いにどこにいるのかは感じられる。でも、それ以上に、彼はサフィアが自身の視界に収まっていないと落ち着かないらしい。

「サフィア？　どうした？」

なんて、ぽやっと考え事をしていたことを見抜かれたのだろう。アルシェイドは少し心配そうに顔を覗き込んでくる。

「え？　――ううん、その」

毎朝、あなたの制服姿を見るたびにドキドキして、考え事をしてしまうのです、なんて言えない。そんなのあまりに恥ずかしすぎる。

でも、頬が赤く染まっていることに気が付かれたらしく、彼はニイイと口の端を上げる。

「ん？　今日も俺に惚れ直したか？」

なんて、さすが王子様だ。自信満々に尋ねられると、こちらは頷くしかない。

「そうか。俺が仕える大聖女様で、俺の婚約者殿にそう言ってもらえて光栄だ」

そう言いながら、彼はいつものようにサフィアの髪にキスをくれる。それから神環に、手の甲に、指先に。

サフィアはもう手袋はしていないから、彼の唇の感触が少しだけ擽ったい。でも、今はこれだけで終わりにはならないのだ。

ギュッと抱きしめられて頬に、それから、仕上げとばかりに唇に。

「もう。皆見ているのに」

今や、この屋敷は大所帯だ。この時間になると、使用人たちが見送りに集まっているわけだが、アルシェイドは相変わらずのマイペースっぷりだ。

「好きなだけ見せておけ。俺がどれだけあなたを愛しているか、全国民が知ればいい」

そうしたら、誰も手を出せなくなるから。と、彼は不敵に笑った。

一時期は外に出ることすら諦めていた人が、こうも前向きになったのは喜ばしい。まさにこの国の王子たるべき自己肯定感と言うべきか。これこそが、本来の彼なのだろう。

彼が素を出せるようになって大変嬉しいが、正直サフィアの心が追いつかない。

毎日同じ主張をされても、こればかりはちっとも慣れない。サフィアはいつだってアルシェイドにドキドキしっぱなしなのだ。

「はぁー……」

と思えば、アルシェイドが唐突にため息をつく。

「早く結婚したい。そうすればもっと――」

――あなたを、独占できるのに。

サフィアにしか聞こえぬように耳元で囁かれ、ドキッとする。そのまま彼は耳たぶにキスをして、サフィアを抱き上げた。

「仕方がないでしょう？　そちらも準備に時間がかかるんだから」

「新しい教会ができてからって、待てるか。そんなの」

アルシェイドと結ばれてからもう二カ月。しかし、まだ二カ月なのだ。

彼はこの国の第二王子で、サフィアは今や大聖女。結婚の準備は粛々と進めつつ、教会の新しい形を作り上げてから改めて、という話になっている。

（陛下も、ジグリウド殿下も、結婚を餌にアルを釣っている気がするのよね）

かつては気ままに――いや、正確にはジグリウドに遠慮して、アルシェイドは国政に深く関わらないようにしていた節がある。

自分はジグリウド以上の存在になってはいけない。そう己を律していたのに、彼は闇の神環の持ち主であることが公表されたばかりか、大聖女となったサフィアを妃に選んだ。

結果、自身の勢力が大きくなりすぎることを危惧しているのだ。それがジグリウドを脅かしてはいけないと、一歩後ろに引こうとしていた。

（でも、そんなことさせてたまるかって感じよね）

ジグリウドとしては、それが心苦しかったのだろう。

自分のせいで、アルシェイドが思うままに生きられないことも、本来の才能を発揮できないことも憂いていた。だから強引にでも、政治の表舞台に引っぱり出してやろうという思惑だろう。

もちろんサフィアも大賛成だ。色々文句も言っているけれど、アルシェイドも聖騎士団の仕事を楽しそうにこなしているし。

「つまり、私とアルの頑張り次第ってことでしょう？」

早く組織を作り上げたら、早く結婚できる。最高のご褒美ではないか。

ふたりは目を合わせて微笑み合う。そんな未来が来るのが楽しみだ。

「ならば、今日も務め人として役目を果たすか」

「ええ、行きましょう。――今日も私を護ってね、団長殿？」

「もちろん。俺の愛する大聖女様」

焦らなくても大丈夫だ。

サフィアにもアルシェイドにも、まだまだ時間はあるのだから。

Fin.

あとがき

みなさま、こんにちは。浅岸久です。

このたびは『余命一年の使い捨て聖女ですが、英雄王子のつがいになってしまいました』をお手に取っていただき、ありがとうございます！

再びベリーズファンタジースイート様で新作を書かせていただけるとのこと、とても光栄に思いつつ、大好きな乙女ゲームものということで、ワクワク取り組ませていただきました。

私自身乙女ゲームが大好きで、いつかしっかり長編で書きたいな！と野望を抱きつつ、妄想を膨らませるうちに「巻き込まれる側の現地人ヒロインも楽しいのでは？」となり、今回のような形になりました。

欲望のままに異種族が登場する乙女ゲームの世界観をベースにしましたので、キャラクター設定がとっても楽しかったです。おかげさまで、顔のいい各属性男子もたくさん登場させることができ、ホクホクしております。

今回イラストをご担当くださった、あいるむ先生のキャラデザが見たいがための暴走……みたいなところもありましたが、後悔しておりません。正当派ヒロインなサフィアはもちろんのこと、世界で最も顔がいい『闇様』と、もふもふ万歳な狼獣人ゼノ、そして長髪美男子なロレンス等々、どちらもあまりに美しくカッコよく、作者はユリが祭壇を作るのと同じような気持ちで拝み倒しておりました。改めまして、あいるむ先生、このたびは素晴らしいイラストで作品を彩ってくださり、本当にありがとうございました。

実は現在第一子を妊娠中でして、本作が出産前、最後に執筆している作品だったりします。なかなか体調がままならないもので、入退院を繰り返す身なのですが、こうして物語を執筆している時間が一番の救いで生きがいでした。そういう意味でも、とても思い出深く、大切な作品となりました。

私の都合でスケジュールを大幅に前倒しするなど、常にお気遣いくださったご担当様はもちろんのこと、編集部の皆様をはじめ、刊行に携わってくださった皆様には感謝してもしきれません。ありがとうございました。こうして無事に形にできて、感無量です。

そしてこの本をお読みくださった読者の皆様にも感謝を。本当にありがとうございました！

これからも楽しんでいただけるようなお話をお届けできるよう頑張ってまいりますので、またお会いできますように。

浅岸久（あさぎしきゅう）

余命一年の使い捨て聖女ですが、
英雄王子のつがいになってしまいました

2025年1月5日　初版第1刷発行

著　者　浅岸久

発行人　菊地修一

発行所　スターツ出版株式会社

〒104-0031　東京都中央区京橋1-3-1　八重洲口大栄ビル7F
TEL　03-6202-0386（出版マーケティンググループ）
TEL　050-5538-5679（書店様向けご注文専用ダイヤル）
URL　https://starts-pub.jp/

印刷所　大日本印刷株式会社

ISBN　978-4-8137-9409-7　C0093　Printed in Japan

[浅岸久先生へのファンレター宛先]
〒104-0031　東京都中央区京橋1-3-1　八重洲口大栄ビル7F
スターツ出版（株）　書籍編集部気付　浅岸久先生